조정래 대하소설

태백산맥

청소년판
5

조정래 대하소설

태백산맥

청소년판
5

제2부
민중의 불꽃

조호상 엮음 | 김재홍 그림

해냄

민족의 숙원, 평화통일의 길

'통일이 안 되고 이대로 살아도 상관없다.' 그 수가 해마다 조금씩 늘어 최근에는 24퍼센트가 되었다. 이건 대학생들을 상대로 한 여론조사의 결과이다. 나는 이런 현상을 보며 무척 당황스럽고 몹시 두려움을 느낀다. 이 땅의 대표적인 젊은 지식층의 네 명 중 한 명이 '굳이 통일할 필요가 없다.'고 생각하고 있으니 이게 어찌 된 일인가.

그 놀라움과 동시에 하나의 생각이 떠오른다. '그럼 청소년들은 어찌 생각하고 있을까!' 그러나 그 의문에 대한 응답은 없다. 왜냐하면 미성년자인 청소년들은 여론조사의 대상이 아니기 때문이다.

그러나 그 결과는 대충 짐작이 된다. 대학생들보다 그 비율이 높으면 높았지 낮지 않을 것이다. 청소년들은 대학생들에 비해 역사인식이 더 낮을 수밖에 없기 때문이다.

대학생들의 그런 반응은 꼭 그들만의 책임일 수는 없다. 국어와 역사 시간을 줄여 영어 시간을 늘리는 우리의 교육 문제부터 잘못되어 있는 탓이다. 역사 교육을 제대로 받지 못하고 있으니 우리 민족의 숙원이고 비원인 통일 문제마저 그렇게 소홀하게 여기게 된 것이다.

우리가 분단되어 서로를 적대시하고 살아가는 것만큼 큰 비극과 어리석음은 없다. 수천 년에 걸쳐서 한 민족으로 살아온 우리가 반으로 갈려 산다는 것은 허리를 반으로 잘려 사는 불구의 삶이나 다름없다. 반신불수의 삶, 그것처럼 큰 불행과 슬픔은 없다.

그 잘린 허리를 잇는 일, 그것이 소설 『태백산맥』을 통해서 하고 싶어 한 일이었다. 우리 한반도의 허리는 태백산맥이고, 그 '허리 잇기' 작업이 소설 『태백산맥』이라서 제목이 그렇게 정해졌다. 그 상징적 의미가 청소년 여러분에게 제대로 전해졌으면 좋겠다.

우리 한반도는 강대국들 사이에 끼어 있는 작은 땅이다. 그래서 우리 민족은 영원히 약소민족일 수밖에 없다. 그것은 우리의 힘으로는 피할 수 없는 일이기 때문에 우리의 운명인 것이고, 숙명이다. 그것처럼 슬프고 속상한 일도 없다. 그런데 우리가 남과 북으로 분단되어 있다는 것은 그 슬픔과 속상함을 더욱더 키우는 일이다. 우리가 약소민족으로서 그나마 좀 제대로 살아보려면 꼭 한 가지 방법밖에 없다. 그건 바로 통일이 되어야 하는 것이다. 통일이 되어야 불구의 삶을 면하는 동시에 우리의 힘이 커질 수 있기 때문이다.

청소년들은 너나없이 공부에 시달리느라고 소설을 읽을 시간이 없다. 그 잘못된 교육 제도를 일시에 뜯어고칠 수 없으니 조금이나마 시간 절약하며 쉽게 읽을 수 있도록 청소년판을 새로 꾸몄다. 아무쪼록 내일의 주인인 청소년들이 이 책을 벗 삼아 민족 통일의 필요성을 빠르게 인식하기를 간절히 바란다.

2016년 10월 22일

차례

제2부 민중의 불꽃

※ 일러두기

조정래 대하소설 『태백산맥 청소년판』은 원작 『태백산맥』을 청소년의 눈높이에 맞춰 분량을 줄이고 내용을 다듬는 것을 원칙으로 하였습니다. 다만, 소설의 특성상 역사 속 사건들의 현재성을 유지하기 위해 원작에서 사용한 방언 및 어휘를 그대로 따랐음을 알려 드립니다.

13

빨갱이와 내통한 좌익분자

"이놈도 작인들 등가죽깨나 벗긴 놈이구만."

하대치는 카악 가래를 돋우어 내뱉고는 서운상이네 솟을대문을 거침없이 두들겼다.

"누구다요! 대문을 그리 쳐 대면 그쪽 주먹 깨지제, 대문에 실금이나 갈 줄 아요?"

앙칼진 여자의 소리가 날아왔다. "어떤 년이 새살 한번 잘 까네." 하대치는 욕질을 하며 대문 두들기기를 그쳤다.

"누구요?"

대문이 열리면서 성질 돋은 목소리가 튀어나왔다.

"나요!"

하대치는 큰 소리를 내며 얼굴을 안으로 쑥 디밀었다.

"워메 엄니!"

여자가 질겁을 하며 뒤로 물러섰다.

"워따, 뻘건 대낮에 사람을 보고 어찌 그리 놀래요?"

하대치는 능청을 떨었다.

여자는 손바닥으로 가슴을 누르고 숨길을 돌리는 듯하더니 "몸집이고 얼굴이고 하나 보잘것없이 생겨 갖고 뭘 믿고 그리 난리요, 난리가!"라고 표독스럽게 쏘아붙였다.

"허, 여자가 초면인 남자 인물평도 막 허고, 영 똑똑허네." 하대치는 헛웃음을 흘리고는 "좌우당간, 여기가 서운상이란 사람 집이 맞제라?" 하고 물었다.

"그런디, 어째 그러요?"

"허면, 머슴 있소?"

"음마, 별꼴 다 보겄네. 피 서방이란 이름이 있는디, 첨 보는 사람이 누구보고 머슴이여, 머슴이."

여자가 눈꼬리를 세웠다. 하는 품으로 보아 머슴의 아내인 모양이었다.

"벌교경찰서에서 심부름 왔응께 피 서방인지 물 서방인지 알 것 없고, 피 서방 시방 있소?"

"워메, 경찰서라? 몸이 아파 자니께 쪼깐 기다리씨요."

여자는 쫓기듯 돌아섰다.

곧 멜빵에 왼쪽 팔을 건 남자가 나왔다.

"경찰서서 오셨다고라?"

남자는 고개를 꾸벅이며 물었다.

"그리요. 경찰서에서 싸게 오랍디다."

"다 끝난 줄 알았등마 무슨 일이랍디여?"

피 서방이 불안한 낯빛으로 물었다.

"나야 심부름만 허는 신센디 무슨 일인지 어찌 알겠소. 급헌 일
인께 싸게 오라고만 헙디다."

"오라면 가는디, 강가 놈 때문에 볶여 못 살겠네. 눈앞에 있으
면 가랑이를 짝짝 찢어 놨으면 속이 시원허겄다."

피 서방은 핏대를 올리며 혼잣말을 질겅거렸다.

하대치는 피 서방을 데리고 벌교 쪽으로 길을 잡았다.

"와따 천천히 좀 갑시다. 다리는 짧은 양반이 어째 그리 발이
빠르다요."

자꾸 뒤처지던 피 서방이 더 못 견디겠다는 듯 말했다. 하대치
는 걸음을 멈추고 뒤를 돌아보며 피식 웃었다.

"벌교 어디 사는 누구요?"

하대치의 걸음을 늦추자는 속셈인지 피 서방이 말을 걸었다.

"고건 알아서 무슨 쓰잘 데가 있소."

하대치의 말은 퉁명스러웠다.

"아, 요리 같이 가게 되았는디, 사는 동네 알고, 이름 아는 것이 그리 쓰잘 데 없는 일이겠소?"

여편네고 서방 놈이고 드럽게 새살은 좋네. 하대치는 할 수 없다고 생각했다.

"저 들몰 사는 염치대요."

염상진의 성을 따고, 자기의 이름을 뒤바꾼, 하대치가 더러 써먹은 가명이었다.

"나는 피보길이요."

"성도 순 불쌍놈 성에다가 이름까지 피보길이 뭐요, 피보길이."

하대치는 픽 웃었다.

"뭣이라고라! 내 이름이 어때서 그려!"

피 서방이 우뚝 걸음을 멈추고 소리쳤다.

"이름이 하도 요상스런께 안 그렇소. 요러다가 늦어 졸갱이 치겄소. 미안스럽게 됐응께, 싸게 갑시다."

하대치가 팔을 끌었고, 피 서방은 마지못한 듯 발을 떼어 놓았다.

"당신이 무식혀서 그렇제, 보배 보 자에 길헐 길 자, 보배가 쌓이라는 뜻인디, 요 이름이 뭐가 요상혀."

"아이고메 유식헌거. 하여튼 보배가 쌓이고 쌓여 서운상이같이 한번 잘 살아 보씨요."

하대치는 말에 가시를 박았다.

"걱정 마씨요. 나도 요번 참에 잡은 밑천으로 그리 살 날을 기어코 맹글고 말 팅께."

피 서방의 말이 하대치의 머리에 불똥을 튀겼다. 그래서 이놈이……

"무슨 좋은 일이 있었는갑제라?"

"아니요, 아녀. 좋은 일은 무슨……."

피 서방은 당황하며 얼버무렸다.

"아 그러지 말고 말혀 보씨요. 좋은 일이야 자꾸 말을 혀야 더 좋아지는 법잉께요."

"어허, 아무 일도 아니라는디 왜 그래 쌓소."

피 서방은 화를 벌컥 내며 걸음을 멈추었다.

"알겄소, 알겄소. 가기나 싸게 갑시다."

하대치가 달래듯 했다.

두 사람은 황톳길을 빠르게 걸었다. 피 서방은 하대치의 빠른 걸음을 따라잡느라 애를 먹고 있었다.

뱀골재 마루에 거의 다다랐다.

"어째 걸을 만허요?"

하대치가 걸음을 멈추고 입을 열었다.

"아이고메, 당신같이 빠른 사람, 첨 보요. 산사람들 발 빠르단 말이야 들었는디, 산사람 아닌 당신은 그 빠른 발로 천상 발심부름 해 먹고 살게 타고났소."

피 서방은 숨을 헐떡거리면서도 할 말은 다 했다.

"힘들면 담배나 한 대씩 꼬실림스로 다리쉼을 헐께라?"

하대치가 인심 쓰듯 말했다.

"아이고 제발 그럽시다. 요 팔이 천근만근이요."

피 서방이 왼쪽 어깨를 올렸다 내리며 엄살을 섞었다.

"기왕 쉬려면 저 바윗덩이 그늘로 갑시다."

하대치는 턱짓을 하며 발을 떼어 놓았다. 그가 턱짓한 쪽은 큰길에서 조금 떨어진, 골짜기가 시작되는 곳이었고, 거기에는 큼직한 바윗덩이들이 서 있었다.

두 사람은 바위 그늘을 골라 앉았다. 하대치는 담배를 말아서 피 서방에게 먼저 건넸다. 또 하나를 말아 자기가 물고는 성냥 하나로 불을 나눠 붙였다. 그러고는 두 손을 입에 대고 둥글게 겹쳐 모았다.

"풀꾹, 풀꾹, 풀꾹."

풀꾹새 소리가 세 번 울렸다.

"뭔 소리여?"

피 서방이 놀란 듯 후딱 고개를 돌렸다.

"심심혀서 한번 혀 봤소."

하대치가 씨익 웃었다.

"영락없이 풀꾹새 소리요. 참말로 별난 재주 다 지녔소이."

"돈벌이도 안 되는 요런 것이 재주는 무슨 재주요."

피 서방이 막 담배를 입에 물 때였다.

"하 동무, 무사허셨구만이라."

느닷없이 들린 목소리였다.

"뭣이······!"

소리 나는 쪽으로 고개를 돌린 피 서방은 입을 반쯤 벌린 채 뻣뻣하게 굳었다.

"개 같은 자식, 내가 누군지 알겄어?"

피 서방을 뚫어지게 내려다보고 서 있는 사람은 강동기였다.

"싸게 뜨세, 강 동무."

하대치가 피 서방의 뒷덜미를 우악스럽게 잡아끌며 일어섰다. 피 서방은 마치 허깨비처럼 자기보다 키가 작은 하대치에게 끌려갔다.

골짜기로 좀 더 들어가자 바위 뒤에 염상진이 기다리고 있었다.

"요놈이 그놈이구만요."

하대치가 피 서방을 염상진 앞에 세웠다.

"수고했소. 무릎을 꿇리시오."

염상진의 말이 끝나기가 무섭게 피 서방은 스스로 무릎을 꿇었다.

"너, 우리가 누군지 알겠지?"

바위에 걸터앉은 염상진이 찬바람 도는 얼굴로 피 서방을 쏘아보며 물었다.

"야아……."

"저 사람 알아보겠나?"

염상진이 강동기를 가리켰다.

"야아, 그때 그……."

"왜 잡혀 왔는지 알겠나."

"모, 모르겠는디요."

"지금부터 묻는 말에 대답해라. 거짓말을 하면 죽는다."

"야아……."

"그날 서운상이를 해치운 게 저 사람 혼자였나, 그렇지 않으면 셋이 함께였나."

"저 사람 호, 혼자였구만이라."

"다른 두 사람은 뭘 했나."

"저 사람을 말렸구만이라."

"그런데, 왜 경찰서에서 세 사람이 합세했다고 거짓말을 했나?"

피 서방은 고개를 푹 떨어뜨렸다.

"고개 들어. 죽고 싶으면 거짓말해도 좋다."

"쥔아짐씨허고 쥔어른 동생이 자꾸 그리 말허라고 혀서……."

피 서방은 또 고개를 떨어뜨렸다.

"대장님, 아까 저놈이 설핏 말허는 것 봉께 한밑천 챙기고 헌 짓이구만요."

하대치가 입을 열었다.

"뭘 받아먹었는지 말해. 거짓말하면 당장 죽는다."

"첨에는 그럴 맘이 없었는디, 쌀가마니를 준다는 말에 거짓말을 하게 되았구만요."

"혼자 잘 살겠다고 죄 없는 사람들을 해치다니. 네놈은 서운상이보다 더 나쁜, 생매장감이다."

"아이코메, 살려 주시씨요. 시키는 일은 뭐든 다 헐 팅께 살려만 주시씨요."

"그 말, 참말이냐!"

"하먼이라, 하먼이라."

"네놈이 살길은 딱 한 가지다. 재판이 열려 증인으로 나가게 되면, 네놈 말이 모두 거짓이었다는 걸 또박또박 말해야 한다. 할 수 있겠나!"

"하먼이라."

"마음 변하면 어떻게 되는지 알겠지."

염상진이 피 서방 눈앞으로 권총을 불쑥 디밀었다. 피 서방은 파랗게 죽어 가고 있었다.

"거짓말하면 넌 죽는다. 약속해라."

"야, 야, 야약속······."

"똑똑하게 끝까지 말해!"

"야약속허겠구마안이라."

"됐어. 또 하나, 오늘 일을 죽을 때까지 입 밖에 내지 않겠다고 약속해라."

"야약속허겠구마안이라."

"그 두 가지 약속만 지키면 넌 우리를 다시 안 만나도 된다. 그러나 약속을 어기면 우리를 다시 만나야 하고, 넌 죽는다. 알겠나."

"야아······."

"됐다. 아무 일 없었던 것처럼 집으로 돌아가라."

"고, 고맙구만이라, 고맙구만이라."

피 서방의 목소리는 그대로 울음이었다. 그는 흔들리는 걸음걸이로 골짜기를 내려가기 시작했다. 저것도 가엾은 인민의 한 모습이다······. 염상진은 피 서방의 뒷모습을 지켜보고 있었다.

심재모 사령관님 각하 전상서

수업시 생각허고 또 생각허다가 작심하였습니다. 타향사리허시면서 불편허지 안은 거이 업것지만 손수건 하나라도 제대로 장만되었는가 허는 걱정이 마음에 자꾸 걸렸습니다. 여자가 먼저 나대는 것이 흉잡히는 일이라는 거슬 다 알고 허는 일이니 흉보지 마시기 바랍니다. 지가 누군지 알라고도 마시고 보내는 손수건만 잘 써 주시면 지 마음은 족헙니다.

　항시 몸조심허십시요.

　사령관님을 등대불로 삼고 있는 못난 여자가

　잘 쓴 글씨는 아니지만 한 자, 한 자 얼마나 신경을 썼는지 알 수 있었다. 가제 손수건에도 정성이 들어 있었다. 그물처럼 얼금얼금 짜인 가제천의 올이 풀리지 않게 하려고 그 가장자리를 실로 감치게 마련인데, 멋을 내기 위해 색실을 쓰는 것이 예사였다. 그런데 책상 위에 놓인 손수건은 그 색실이 다섯 가지였다. 빨강·주황·노랑·초록·파랑……. 두 색을 더 보태 사랑의 무지개를 만들지 그랬나, 이런 생각이 떠오르자 심재모는 스스로에게 쑥스러워 픽 웃었다.

　심재모는 기분이 묘했다. 그것이 생전 처음 받아 보는 연애편지와 사랑의 선물이라는 사실이 그랬고, 자신이 누군가의 사랑의 대상이 되었다는 점이 그랬고, 색색 손수건을 만든 여자가 어떤 여자일까 하는 관심이 슬그머니 동하는 것이 그랬다.

　'심재모 사령관님 각하 전상서.' 그는 다시 편지로 눈길을 보내며 빙긋이 웃음을 지었다. '각하'라는 존칭이 웃음을 자아냈다.

'사령관님을 등대불로 삼고 있는 못난 여자가.' 소설 같은 데서 본 을 따 멋을 부리려 한 것도 웃음 짓게 했다.

김범우는 서울행 밤 기차에 몸을 실었다. 학기는 6월에 바뀌지 만, '공부할 태세를 갖추라.'는 아버지 말씀에 밀려 3월에 미리 올 라갈 수밖에 없었다. "가서 공부에만 충실해라. 속이 차야 바르게 보는 눈이 생기는 법이다. 그리고…… 니는 이 집안의…… 장자 노릇을 해야 헐 사람잉게." 아버지의 말이었다. 아버지는 마침내 형 이 이 세상 사람이 아니라는 당신의 생각을 입 밖에 냈다. 그 대목 에서 말을 두 번이나 멈춘 것은 당신의 괴로움을 나타낸 것이었다. 아버지는 하루라도 빨리 아들을 불안정한 정치 상황에서 떼어 놓 으려는 생각이었다. 하지만 자신이 서울행을 작심한 것은 아버지의 뜻과는 반대되는 계획 때문이었다. 혼란한 정치 상황에서 떨어지 는 게 아니라 더 넓은 현장을 찾아가려는 것이었다.

기차가 멈추려는지 속력이 느려졌다. 그리고 안내 방송이 들려 왔다.

"전주, 전주, 여기는 전주역입니다. 내리실……."

아, 전주! 전주라는 소리가 가슴을 흔든 것은 그 땅에 어떤 추 억이 있어서가 아니라 순전히 박두병 때문이었다. 박두병, 그와 함께한 고생, 그와 함께한 결의, 그와 함께한 체념, 그와의 관계는 단순한 우정을 넘어선 무엇이었다.

그를 만나 하루쯤 묵어가는 게 어떨까. 그러나 두 차례 편지가 오가고, 자신이 세 번째로 소식을 보냈을 때부터 답신이 오지 않았다. 배달 사고인가 해서 네 번째 편지를 보냈지만 역시 소식이 없었다. 그가 전주에 살고 있다면 말 한마디 없이 소식을 끊을 리 없었다. 그는 어디서 무엇을 하고 있단 말인가…….

법대를 다니다가 학병에 끌려온 박두병은 평범한 얼굴에 코가 유난히 뭉툭하게 커서 그나마 개성을 유지하는 얼굴이었다. 약간 부족한 듯한 생김을 보충하고 있는 것이 그의 목소리였다. 굵으면서도 맑은 목소리에는 언제나 정감이 흘렀고, 그 목소리로 부르는 판소리는 품격이 있었다. 박두병의 소리에 반한 사람은 하와이 포로수용소의 도라지였다. 위법임에도 그녀는 두 사람을 지프차에 태우고 해변으로 나가고는 했다. 그럴 때면 그녀는 으레 소리를 청했고, 박두병은 동쪽 수평선을 바라보고 서서 소리를 뽑았다. 박두병은 아내와 자식을 거느린 몸으로 죽기를 각오해야 하는 OSS에 자원했다. 그 점이 박두병을 더욱 큰 사람으로 보이게 했다.

그는 어디서 무엇을 하며 살까……. 김범우는 이 생각을 하다가 잠으로 젖어 들었다.

심재모가 여자를 율어로 들여보낸 일을 문젯거리로 잡아낸 사람은 토벌대장 임만수였다. 심재모에게 줄곧 앙심을 품어 온 그는 그 일을 알고는 큰 먹이가 걸려들었음을 직감했다. 그 많은 사람들 앞에서 나를 그렇게도 무참히 병신 만든 일을 한시라도 잊은 줄 아느냐. 네놈은 공포를 쐈다만 나는 네놈 심장을 쏘고 말거다. 임만수는 피가 뜨겁게 끓어올랐다. 빨갱이와 내통한 좌익분자─이 죄목이야말로 결정타가 아닐 수 없었다. 놈이 한 짓을 적어 여러 곳에 보내야 한다. 그런데 나 혼자 하면……. 힘도 약하고, 결국 내가 한 일인 게 밝혀지지? 그 정도로 사형당할 리는 없고, 그놈이 풀려나면 보복하려 들겠지? 놈이 꼼짝달싹 못하도록 밀어붙이면서 내 이름을 감추는 좋은 방법이 없을까?

때마침 염상구의 말이 떠올랐다. "계엄사령관이면 다여? 내가 한번 맘먹으면 지 놈 신세가 바가지 깨지듯 헐 때가 있다는 것을 명심해야 써." 그도 심재모에게 감정이 뒤틀릴 대로 뒤틀려 있었다. 임만수는 곧바로 염상구를 찾아갔다.

염상구는 다방에서 아가씨와 노닥거리고 있었다.

"염 부장, 사건이 생겼소."

"사건?"

염상구는 금방 반응을 나타냈다.

"혹시, 심재모가 어떤 여자를 율어로 들여보낸 사건을 알고 있소?"

"알제라. 그까짓 거이 무슨 사건이라고 그래 쌓소."

염상구는 시큰둥했다.

"그것이 빨갱이와 내통한 좌익분자의 소행이라고 생각지 않소?"

임만수의 말에 염상구는 "맞소!" 하고 소리를 지르더니 "그럼 어쨰야 쓰겄소?"라며 자리를 고쳐 앉았다.

"염 부장 말대로 이번에 그놈 신세를 바가지 깨 버리듯 해야 하지 않겠소?"

임만수는 염상구의 옆구리를 긁었다.

"하먼이라, 내가 당헌 만치 짜고 맵게 복수혀야지라."

"그런데 심가 놈이 꼼짝 못하게 치려면 이쪽 힘이 커야 좋은데, 그게 문제란 말이오."

"그놈이 지주들헌테 미움을 사고 있응께 요 일을 지주들이 해치우게 허면 어쩌겄소."

염상구가 새로운 제안을 내놓았다.

임만수는 좌익척결위원회를 동원하면 힘이 커지겠다고 생각하면서도 선뜻 마음이 내키지 않았다.

"이 일은 감쪽같이 해치워야 하는데 많은 사람이 연관되면 심가가 미리 알아챌 염려가 있단 말요."

"많아야 위원장·부위원장·총무 세 사람이고, 즈그들 눈구녕에 박힌 가시 빼는 일인디 어째 입을 놀리겄소."

염상구의 말을 듣고 보니 그럴 법도 했다.

"그럼, 어쩌면 좋겠소?"

"어쩌긴 어째라. 당장 유주상이를 찾아가야제라."

염상구가 의자를 거칠게 뒤로 밀며 일어섰다.

이야기를 다 들은 유주상은 심각한 얼굴로 입을 열었다.

"빨갱이를 소탕해야 할 자가 빨갱이와 내통해 빨갱이의 새끼를 낳게 하다니, 이건 용공·이적 행위요. 오늘 저녁에 위원장님과 부위원장님을 모시고 결정을 내릴 테니 두 분도 참석해 주시오. 이 사실은 비밀에 부쳐야 합니다."

"하면이라." 염상구가 머리를 조아렸다. "그건 우리 두 사람도 염려하던 문젭니다. 사람이 늘어나면 비밀 유지가 어려워질 테니까요." 임만수는 유주상의 지시하는 꼴이 아니꼬워 말을 되받아 넘겼다.

"아, 우리 쪽은 염려하실 게 없습니다. 그럼, 이따가 다시 만나도록 하죠."

두 사람은 조합장실을 나왔다.

"염 부장, 언제부터 유주상이한테 그렇게 꼼짝을 못하게 됐소? 배짱 있는 사람인 줄 알았더니 영 배알이 없구만. 자기 자리 뺏은 사람 앞에서 굽신거리기나 하고."

임만수가 경멸적인 투로 말했다. 염상구는 무시를 당하자 성질이 치솟았다.

"내가 그러고 싶어 그러는지 생각혀 보고 허는 소리요, 시방? 청년단도 조직잉게 질서가 있어야 헌다고, 심가고 서장이고 유가 헌테 무조건 복종허지 않으면 감찰부장까지 떼 버린다는디, 내가 어째야 쓰겄소. 배짱이나 주먹으로 헌다면야 나 세상에 무서운 놈 하나 없소. 임 대장은 남 속도 모르고 아픈 데 쑤시지 마씨요. 내가 임 대장보고, 어째 심재모헌테 꼼짝을 못허냐고 허면 좋겄소?"

염상구는 임만수의 약점을 덜퍽 물었다.

"아냐, 아냐, 내가 그냥 한 소리요. 미안하게 됐소, 그만둡시다."

임만수는 손까지 저으며 말을 피했다.

염상구는 그렇게 얼렁뚱땅 넘어갔지만 어쩔 수 없이 속이 켕겨 왔다. 그는 이미 유주상한테 뒷다리가 잡혀 있었다. 유주상은 염상구를 자기편으로 만들려고 돈다발을 내밀었고, 염상구는 그 돈을 덥석 받아 챙겼던 것이다.

14

물과 기름

　남원장 별실에는 술집에 어울리지 않는 애송이 손님 다섯이 모여 있었다. 다섯 중에 넷은 밤송이머리라서 사복을 입었어도 학생 티가 그대로 드러났다. 그들은 어색한 얼굴로 눈만 껌벅거렸고 다섯 중에 유일하게 머리가 긴 윤태주만 느긋하게 등을 벽에 기대고 앉아 담배를 뻐끔거렸다.

　"이 촌놈들아, 시방 벌 서냐? 여긴 술집이여. 간섭헐 사람 없응께 기분 내, 기분."

　몸을 일으킨 윤태주가 목청을 높였다.

　"성님이야 암시랑 않겠지만 우리 같은 빡빡 대가리가 요런 데 들락거리다가 잡히면 어찌 되는지 모른다요?"

현오봉은 큰 몸집에 어울리지 않게 눈을 흘기며 양쪽 볼에 불만을 물었다.

"요런 빙신아, 니허고 성일이 퇴학당허게 헐라고 태주 성님이 일부러 끌어들인 것 몰라서 허는 소리냐?"

진한 불량기가 얼굴에 맥질된 양효석이 농담이 아닌 양 말했고, 최서학은 빙긋이 웃기만 했다.

"효석이 말이 맞다. 니놈이고 성일이고 팍 퇴학이나 당해 뿌러라."

윤태주가 말 뒤에 흐흐거리는 웃음을 매달았다.

"와따, 어지간히 재미지겠소. 중국집서 모이잔께로 이리로 와 갖고는……."

현오봉이 투덜거렸고, 송성일은 그저 무표정하게 앉아 있었다.

곧 서울로 유학을 떠날 최서학과 양효석을 위해 송별회를 열기로 의견이 모이자 윤태주는 대뜸 남원장으로 장소를 정했다. 자기가 술값을 낼 테니 멋지게 한판 벌이자는 것이었다. 현오봉과 송성일은 처음부터 그 제안이 마음에 들지 않았다. 특히 송성일은 끝까지 반대했다. 그는 하판석 노인을 죽인 죄의식에 시달리며 그들을 피해 왔지만 송별회 자리까지 피할 수는 없었다. 그런데 술판을 벌이는 데는 동의할 수 없었다. "이 새끼, 선배를 뭐로 알고 이래. 정 싫으면 넌 빠져!" 윤태주의 이 말에 송성일은 그만 입을 다물어야 했다. 윤태주는 송별회를 떡 벌어지게 차려 멸공단 단장의 체면을 세우려 했다. 사람을 하나 죽이는 바람에 활동을 중단당하고 말았지만 그는 아직도 스스로를 멸공단 단장으로 여기고 있었다. 그가 멸공단에 애착을 갖는 것은 공산당에게 원수를 갚기 위해서만은 아니었다. 그는 장차 국회의원 한자리쯤 해 보겠다는 생각을 품고 있었다. 그 먼 꿈을 위해 멸공단 같은 조직이 필요했고, 송별회를 걸판지게 벌이는 속셈도 단순히 양효석과 최서학의 서울 유학을 축하하기 위해서만은 아니었다. 그것도 모르고 송성일이 반대를 하고 나섰으니 통할 리 없었다. 아버지의 원수를 갚기 위해 사관학교에 가겠다고 입버릇처럼 말하던 대로 양효석은 육군사관학교를 택했고, 법관이나 정치가가 될 꿈을 가지고 있는 최서학은 법대로 진학하게 되었다.

"자, 술상 모셔 올립니다아."

소리를 하듯 길게 뽑아 대는 여자 목소리와 함께 방문이 열리고, 두 남자가 큰 상을 들고 들어왔다.

윤태주가 술 주전자를 집어 차례로 잔을 채워 나갔다.

"자, 서울로 떠나는 멸공단의 두 동지 최서학과 양효석의 양양한 앞길을 축하하면서 다 같이 쭈욱 한 잔!"

"고맙습니다, 성님."

최서학과 양효석은 합창하듯 하며 윤태주에게 고개를 꾸뻑하고는 술잔을 입으로 가져갔다.

"오늘은 내가 다 책임질 테니 코가 삐틀어지든, 눈알이 돌아가든, 맘 놓고 마셔."

윤태주가 양효석에게 술잔을 건네며 큰소리를 쳤다.

"통금은 어쩌고라?"

현오봉이 술맛 때문에 찡등그려진 얼굴로 말했다.

"길바닥에 안 나서고 술집에 들어앉아 술 마시는데 그것까지 간섭허냐?"

윤태주의 말에 송성일은 가슴이 덜컥 내려앉았다. 밤을 새워 술을 마실 자신도 없을뿐더러, 아버지가 안 계시는 집을 술 마시느라 비울 수는 없었다. 현오봉이 반대해 주기를 바랐지만 더는 말이 없었다. 그렇다고 자신이 그 말을 꺼낼 수도 없었다.

"우리 효석이야 장교님이 되실 것이고, 자넨 법대를 가면 법관 나으리가 되시는 건가?"

최서학에게 술잔을 건네는 윤태주의 목소리에 술기운이 묻어났다.

"마음이야 그렇지만 두고 봐야지요."

술기운이 번지기 시작한 얼굴로 최서학이 말을 받았다. 말은 겸손한 듯했지만 얼굴에는 자만이 차 있었다.

"효석이가 장교로 앞에 나서서 빨갱이를 소탕허고, 자네가 법관으로 뒤에서 용공 분자들을 재판허고, 얼마나 잘 어울리는가. 그리되면 우리 아부지들 원수를 제대로 갚는 일이고……. 공산당 씨를 말릴 날이 훤히 내다보이네."

윤태주는 두 사람을 소쿠리 비행기 태웠다.

"공산 분자를 깨끗이 청소하자면 군인이나 경찰이 총을 쏴 대는 것으로는 되지 않아요. 그보다 먼저 법을 강력하게 시행하면서, 빨간 물이 든 민간인들을 모조리 잡아서 처단해야 합니다. 군인이나 경찰은 그 법에 따라 움직이기만 하면 되니까, 어디까지나 법이 앞이지요."

윤태주가 한 말의 순서를 뒤집은 최서학의 말은 싸늘했다. 양반이면서 지주고, 권력을 가진 집안이라는 가문 의식이 남달리 강한 그로서는 자기와 양효석을 동급으로 취급하는 것도 용납할 수 없는데, 양효석이 '앞'이고 자신이 '뒤'라는 말은 도저히 그냥 지나칠 수 없었다. 그의 머릿속에 박혀 있는 양효석은, 돈푼이나 모은 보부상 출신 쌍놈 집구석 자식일 뿐이고, 돌대가리에 주먹이나 휘두를 줄 아는 놈이었다.

"니 말이 맞어. 판검사님허고 육군 소위를 워쩌크름 비허것냐. 판검사가 얼마나 높으면 나이에 상관없이 '영감님'이라는 존대를 붙이것냐. 근디 육군 소위야 그냥 소위지 무슨 존대가 따로 있드라고?"

양효석은 눈치 빠르게 대꾸하며 최서학에게 잔을 권했다. 최서

학의 시험지를 보고 베낀 국민학교 시절부터 싹튼 양효석의 열등
감은 나이가 들수록 더 커지기만 했다. 돈으로나, 뼈대로나, 권력
으로나 최서학네를 이길 만한 것은 아무것도 없었다. 단지 주먹
이 있을 뿐인데, 최서학에게 주먹맛을 보였다가는 그 주먹만 박
살 나는 게 아니라 온 집안이 박살 날 것이 뻔했다. 양효석은 그
저 최서학의 비위를 거스르지 않는 쪽으로 오래도록 스스로를
길들여 왔다.

"내 말 오해 말어. 높고 낮고를 따져 앞·뒤라고 헌 것이 아니라 빨
갱이들허고 싸우는 싸움에서 전방이고 후방이란 뜻잉께로. 자네,
알아먹어?"

윤태주는 술기운 젖은 눈에 힘을 모으며 분명하게 말했다.

"압니다. 다 알 만한 성님이 그런 실수를 헐 리 없지요."

최서학이 만족스러운 웃음을 띠며 윤태주에게 잔을 내밀었다.

남인태는 순천행 열차에 몸을 싣고 있었다. 눈을 감은 채 기차
가 흔들리는 대로 몸을 맡긴 그는 사복 차림이었다. 얼핏 보기에
는 잠든 것 같았지만 그는 이런저런 궁리에 빠져 있었다. 얼마 전
그는 왼쪽 어깨에 총상을 입고 수술을 받았다. 광양의 경찰서장
으로 부임해서 그가 줄기차게 매달린 생각은 오로지 안전이었다.
안전을 위해 서장의 권한을 줄여 가며 반란군과의 공방전에 군

인과 서북청년단을 앞세웠고, 그렇게 해서 가장 안전한 경찰서를 벗어나지 않을 수 있었다. 그런데 그날 밤 벌어진 긴급 상황 앞에서는 도저히 발뺌을 할 수 없었다. 한 마을에 병력을 투입하고 난 뒤에 그 반대편 마을에 또 반란군이 나타난 것이다. 그 내키지 않는 야간 출동에서 그는 그만 어깨에 총을 맞고 말았다. 그는 수술을 받으면서 그 부상을 전출에 이용하자는 생각을 하게 되었다.

그는 이번으로 광주에 네 번째 걸음을 했다. 퇴원 날짜를 늦춰 가며 병원에서 두 번 걸음 했고, 일이 뜻대로 이루어지지 않아 광양으로 돌아가서 두 번째였다. 무리를 해 가면서 퇴원을 늦춘 것은, 퇴원하면서 바로 전출을 가기 위해서였다. 입원 기간이 하루라도 길어지면 지옥 같은 광양을 피해 있을 수 있었고, 큰 부상이라고 내세워 전출에 유리하게 이용할 수 있었다. 그가 준비한 돈은 일을 꾸미는 데 자신감을 가져도 좋을 만큼 큰 액수였다. 인사관리과장은 돈에 군침을 흘리면서도 막상 시원한 결정을 내리지 못했다. "그게 쉽지 않은 문제지요. 아시다시피 다들 안전한 곳으로만 빠지려고 발싸심인데, 전남 지역에는 안전한 곳보다 불안한 곳이 더 많지 않은가요. 이미 안전한 데 자리를 잡은 사람들이야 다 줄이 든든하고, 이러니 이거 원……." 액수를 올리려는 말이 아니었다. "그건 저도 잘 압니다. 허나 안전한 곳도 등급이 있을 건데, 1등급을 원허는 것이 아닙니다. 2등급이든 3등급이든 상관 없습니다." 그는 몸이 달아 매달렸다. "그럼 기회를 봅시다."
만날 때마다 똑같은 과장의 말은 막연하기만 했다.

　이번에도 결말을 보지 못한 그는 광양만 생각하면 당장 경찰복
을 벗어던지고 싶은 심정이었다. 반란군 주력 일부와 전남도당까
지 품고 있는 탓에 광양과 구례 일대는 생지옥이라 해야 옳았다.
반란군은 반란군대로 날뛰고, 읍·면 단위 야산대들은 야산대대
로 설치는 바람에 경찰은 어느 쪽 총에 맞아 죽을지 모를 일이었
다. 토벌을 한다고는 하지만 성과는 신통치 못했다. 낮에는 이쪽
에서 쫓고, 밤에는 저쪽에서 덤비는 공방전의 되풀이 속에서 날
로 커 가는 것은 생명의 위협이었다. 남인태는 그런 살벌한 상황
에서 내 모가지를 내 모가지라고 장담할 수 있는 가장 현명한 방
법은 그 난장판에서 빠져나오는 길뿐이었다. 멸공이고 반공이고
내 한목숨 있고 나서의 일이라는 게 그의 생각이었다.

　남인태는 담배를 빼 물고 변소로 갔다. 변소 문을 열자 구린내
와 지린내가 왈칵 끼쳐 왔다.

　"바가야로!"

　주춤하며 그의 입에서 터져 나온 소리였다. 조선 놈들은 역시
형편없는 야만인들이야. 그는 오만상을 찌푸린 채 변소로 들어
가며, 일본 사람들의 말이 하나도 틀리지 않다고 생각했다. 지독
한 냄새만큼 변소 안은 더럽고 지저분했다. 말라붙은 똥 덩어리

에 새 똥이 엉겨 붙고, 변기 주변이나 바닥에는 오줌이 고여 있었고, 똥 묻은 신문지 조각이나 담배꽁초 등이 어지럽게 흩어져 있었다.

변소를 나서 객실로 들어선 남인태는 우뚝 멈춰 섰다. 무슨 낌새를 챘는지 상대방도 이쪽으로 빠르게 고개를 돌렸고, 둘의 시선이 부딪쳤다. 그리고 동시에 서로를 외면했다.

남인태는 그 자리를 지나쳐 허둥지둥 자리로 돌아왔다. 가슴이 벌떡거리고, 머리가 터질 것 같았다. 그놈은 틀림없이 하대치였다. 그런데 지금 자신은 혼자인 데다가 총도 지니고 있지 않았다. 저 놈을 어째야 하나. 헌데, 저놈이 무슨 배짱으로 벌건 대낮에 버젓이 기차를 타고 다닌단 말인가. 그놈 옆에 앉은 젊은 놈들은 일행일까. 그렇다. 아무리 배짱이 센 놈이라 해도 혼자 기차를 타지는 않았을 것이다. 그리고 저놈들이 무기를 지니지 않았을 리 없다. 어설프게 잡으려다가 오히려 내가 당할지 모른다. 이쪽에서 먼저 건드리지 않는 한 저놈들이 먼저 이쪽을 건드릴 리는 없다. 눈 딱 감고 못 본 척해 버리면 그만이다. 에라, 안전이 제일이다. 남인태는 단단히 팔짱을 끼며 눈을 감았다.

하대치도 눈길이 맞부딪치는 순간 남인태를 알아보았다. 그 순간 하대치의 머리를 친 생각은, 이제 죽었구나! 였다. 총부리를 들이댈 줄 알았는데, 남인태는 쫓기듯 지나쳤다. 하대치는 남인태

가 부하들을 부르러 가는 줄 알았다. 그래서 그가 두 동료에게
뜨거운 핏덩이를 토해 놓듯 한 한마디는 "쩰 준비!"였다. 여차하
면 그대로 기차에서 뛰어내릴 작정이었다. 그런데 사람들 머리통
사이로 조심조심 살펴보니 남인태는 팔짱을 낀 채 눈을 감고 앉아
있는 게 아닌가. 비로소 하대치는 무릎을 쳤다. 그에게는 무기도 없
고, 일행도 없다는 직감이 들었다. 그러나 마음을 놓을 수 없어 그
는 남인태에게 눈을 박고 있었다. 어느덧 보성역이 가까워 있었다.

"기차가 멈추면 바로 내리지 말고, 출발허는 것 보고 내려."

하대치는 두 동료에게 일렀다. 기차가 멈추자마자 내렸다가 남인태가 뒤따라오며, 빨갱이 잡으라고 소리라도 지른다면 그보다 위태로운 일은 없을 터였다. 남인태는 눈을 감은 척하고 있을 뿐 이쪽의 움직임을 다 살피고 있다고 보아야 했다. 하대치는 광주의 병원에 있던 네 명의 부상자 중에 장기 치료를 받느라고 남아 있던 마지막 중상자 한 사람을 데리고 가는 길이었다. 처음에 두 명, 그다음에 한 명을 똑같은 방법으로 아무 일 없이 본대까지 데려갔는데 끝걸음인 세 번째에 탈이 생기고 말았다. 꼬랑댕이가 길면 밟힌다등마, 제기랄……. 하대치는 떫은 입맛을 다셨다.

기차가 멈추고 남인태가 눈을 떴다. 그 눈길이 이쪽으로 일직선을 긋고 있었다.

"단단히 준비혀. 여차허면 쨀 것잉께."

하대치는 숨 가쁜 소리로 말했다.

사람들이 오르내리는 분주함 속에서 남인태는 이쪽을 그냥 보고만 있었다. 저놈이 무슨 맘을 먹고 있는고……. 하대치는 왼쪽 겨드랑이에 땀이 차는 것을 느꼈다.

기차가 덜컹거리며 움직이기 시작했다.

"준비, 가자!"

하대치의 말이 떨어지기 무섭게 두 사람이 자리를 박차고 나갔다. 하대치도 그 뒤를 쫓았다. 문을 닫으면서 뒤돌아본 하대치의 눈에 벌떡 일어서는 남인태의 모습이 잡혔다.

"기차 가는 쪽으로 뛰어내려!"

하대치가 소리쳤다. 기차의 속력은 뛰어내리기에 아직은 무리가 없었다.

"와따, 한바탕 똥줄 탔네. 근디 저 자식이 순사질을 그만둔 것이다냐, 어쨌다냐?"

하대치는 멀어지는 기차를 바라보고 서서 고개를 갸웃갸웃하며 중얼거렸다.

"천만다행이오. 그자가 경찰을 그만뒀을 리 없소."

보고를 받은 염상진은 고개를 저었고, 그 말이 옳다고 생각하며 하대치는 고개를 끄덕였다.

"하 동무, 수고했소. 쉬도록 하시오."

염상진이 일어섰다.

"오늘 작전이 있다면서요?"

하대치가 따라 일어섰다.

"있소. 허나, 하 동무는 임무를 끝냈으니 쉬도록 하시오."

"고것이 무슨 힘든 일이라고 쉬고 말고 혀라. 지도 나갈라능마요."

하대치는 조르듯 말했고, 그런 그를 바라보며 안창민은 가만히 웃음 짓고 있었다.

"그냥 쉬라는 게 아니라 여길 지키라는 것이오."

염상진이 하대치를 지그시 내려다보며 말했다.

"야아, 알겄구만이라. 여기는 철통같이 지킬 팅께 염려 마시씨요."

하대치는 염상진을 올려다보며 티 없이 웃었다. 아, 얼마나 아름다운가. 두 사람의 하는 양을 바라보며 안창민은 속으로 감탄했다. 사람의 관계가 '믿음직스러움'을 넘어 '아름답게' 느껴지기 시작한 것은 입산한 뒤부터였다. 그 아름다움의 발견은 피를 흘려야만 이루어지는 혁명이 왜 가능한 현실인지를 증명해 주는 소리 없는 웅변이었다. 그것은 헤겔의 변증법의 문맥에서도, 마르크스의 『자본론』의 행간에서도 발견할 수 없는, 뜻을 합친 인간과 인간 사이에서 생성되는 그 어떤 마력적인 힘이었다. 그건 염상진의 힘만이 아니었고, 하대치의 힘만도 아니었다. 두 사람의 힘이 합해짐으로써 피어나는 아름다움이었다. 그 아름다움은 염상진과 하대치 사이에서만 있는 것이 아니었다. 염상진과 오판돌, 하대치와 강동식, 강동식와 염상진…… 마치 그물코가 이어진 듯 그 아름다움은 사람과 사람 사이사이에 매듭져 있었다. 다만 염상진과 하대치 사이에서는 그 아름다움의 색깔이 좀 더 진하게 나타날 뿐이었다.

안창민은 하대치의 자리에 김범우를 놓아 보았다. 염상진과 김범우―옆에서 지켜본 그들의 헤어짐은 사뭇 인상적이었다. "형님, 수염이 잘 어울립니다." "그런가, 짬이 없어서. …… 편히 가게." 두 사람이 헤어지기 직전에 나눈 이 말에는 깊은 정이 서려 있었다. 그러나 그 정은 지극히 사사로운 것이면서, 과거가 있을 뿐 어떤 결속감이나 현재가 없었다. 그들의 헤어짐이 인상적일 수는 있어도 감동적일 수는 없는 이유가 거기에 있었다. 염상진과 김범우가 헤어지는 장면이 한 장의 사진이라면 염상진과 하대치의 관계는 생존 그 자체였고, 염상진과 김범우가 언제라도 적대 관계에 설 수 있음에 비하여 염상진과 하대치는 언제든지 서로의 생명을 대신할 수 있는 사이였다.

최근 들어 염상진은 마음이 무거웠다. 소작을 빼앗긴 동지들 가족이 '모두 최악의 기아 상태'라는 이지숙의 보고 때문이었다. 소작을 빼앗기지 않았다 해도 '최악의 기아 상태'는 소작인이면 누구나 겪어 온 삶이었다. 4월은 배고픔이 사람의 정신을 돌게 할 정도로 극악한 상태에 이르는 시기였고, 굶어 죽는 노인과 아이들이 속출하는 때도 이즈음이었다. 그런데 동지들의 가족은 그 최악의 기아 상태를 앞으로 더 심하게 맞게 되어 있었다. 율어를 오래 장악할 수만 있다면 율어의 농사로 집집마다 배급을 할 수도 있고, 그게 어려우면 율어로 이사를 시킬 수도 있었다. 그러나 율어를 언제까지 장악할 수 있느냐는 알 수 없는 일이었다. 상대방과의 힘의 관계에서 상황이 나아질 전망은 희박한데 저쪽은 체계적인 무장을 꾀해 나가고 있었다. 무엇보다 우울한 소식은 제주도 항쟁이 거의 막바지로 몰리고 있다는 점이었다. 하나의 산이면서 섬인 그곳에서 벌써 1년 동안 투쟁을 벌여 왔는데 그 결과는 절망 쪽으로 기울어 있었다. 그렇게 된 것은 두말할 나위 없이 힘이 약하기 때문이었다. 그렇다면 그것은 승리를 위한 투쟁이었는가, 투쟁을 위한 투쟁이었는가. 이 생각을 할 때마다 염상진은 벽에 막혔다. 그런 마음의 짐을 덜기 위해 그가 할 수 있는 일은 더 적극적인 투쟁뿐이었다.

오늘의 작전 지역은 보성이었다. 군수가 제 아버지의 칠순 잔치를 흥청하게 벌인 뒤끝에 계엄군과 경찰에게 한턱낸다는 정보를 입수한 것이다. 아들이 군수질을 하고 있다면 그 애비가 일정 치하에서 어떻게 살았는지는 보나 마나 뻔한 노릇인데, 그렇게 오래 산 것이 또 무슨 대수라고 아들놈은 이 춘궁기에 잔치까지 벌이는가. 염상진은 속이 뒤틀리면서도, 어쨌든 그런 절호의 기회를 만들어 준 군수가 고맙지 않을 수 없었다.

오판돌을 조성과 보성의 중간 길목에 매복하게 하고, 염상진은 이해룡과 함께 보성으로 진입했다.

군수의 집은 향교 옆이었고, 널찍한 마당의 차일 밑에서는 술판이 한창이었다. 두 개를 잇댄 차일 안이 다 찰 정도로 사람이 많왔고, 여기저기에 총들이 기대어 있기도 하고 누워 있기도 했다.

따앙.

염상진이 방아쇠를 당기는 것을 신호로 차일을 향해 집중사격을 가했다. 그림자들이 여기저기서 담을 타 넘었다. 총소리와 비명이 뒤엉키고 엇갈리는 속에서 마당은 순식간에 수라장이 되었다. 얼마가 지나지 않아 비명 소리는 사라지고 총소리만 울렸다.

"사격 중지!"

총소리가 뚝 멎었다. 널브러진 시체들 사이에서 신음이 흘러나올 뿐 집 안은 적막에 덮여 있었다.

"빨리 저 총들을 들어라, 출발이다!"

염상진의 명령에 따라 그림자들이 재빠르게 움직였다. 그들이 골목의 어둠 속으로 묻히자 여자들의 외침과 울음소리가 터졌다.

15

두 시간 동안의 해방구

심재모가 보성이 공격당한 사실을 알게 된 때는 자정 무렵이었다.

"대장님, 대장님, 보성이 공격당했습니다."

설핏 잠든 그의 정수리를 친 숨 가쁜 소리였다.

"뭐, 뭐라고! 전체 상황을 보고해 봐, 전체 상황!"

그는 바지를 꿰입으며 소리쳤다.

"전 그것밖엔 모릅니다."

심재모는 그때서야 문득 정신이 들어 문밖에 서 있는 것이 새까만 사병임을 깨달았다.

서둘러 경찰서로 나온 심재모는 상상할 수 없는 피해 상황을 알게 되었다.

"도대체 지금이 어떤 상황이라고 술을 처마시고 자빠졌어. 새끼들, 뒈져서 싸다."

감정이 격해진 심재모가 책상을 걷어차며 외쳤다. 권 서장이 그의 팔을 힘주어 잡았다.

"사령관님, 엎질러진 물입니다."

심재모는 어금니를 맞물며 숨길을 다잡았다. 권 서장 말대로 이제 흥분도 타박도 무용지물이었다. 오로지 남은 건 사태 수습뿐이었다.

"초저녁에 당한 일을 한밤중에야 보고하다니, 다 정신 나간 놈들 아니오."

심재모는 진한 한숨을 토했다.

"아마도 피해 수습을 하다 보니 그리된 것 같습니다."

"보고라도 빨리 했어야 거길 갈 수 있었을 게 아뇨."

"천상 첫 기차를 탈 수밖에 없습니다. 그동안 수습책을 찾으시지요."

권 서장은 심재모가 도보 행군을 강행할지 모른다는 생각에서 그렇게 말했다. 속보 행군을 한다 해도 도착 시간은 기차를 타는 것이나 별 차이가 나지 않을 거였다.

심재모는 분대 병력을 이끌고 첫 기차를 탔다. 자애병원 전 원장도 동행했다. 잔칫집이 초상집으로 변해 버린 현장의 모습은 참혹했다. 핏자국을 덮느라고 마당에는 황토가 두껍게 깔려 있었다. 그런데도 속을 뒤집는 피비린내가 진동했다. 가마니때기를 뒤집어쓴 시체들은 담을 따라 즐비하게 누워 있었다. 시체는 보고받은 것보다 두 구 더 많은 서른한 구였다. 심재모는 왜 두 구가 더 많은지 묻지 않았다. 중상자가 사망자로 바뀌었음은 묻지 않고도 알 수 있었다.

"추가된 두 구는 어느 쪽이요?"

심재모 입에서 처음 튀어 나간 말이었다.

심재모 옆에 몸을 웅크리고 있던 경찰서장이 화들짝 놀라 "군인이 아니고 경찰입니다."라고 말했다.

군인 열넷, 경찰 열일곱의 사망자를 낸 것이다. 열넷이면 보성 병력 반이었다. 접전도 아니고 술을 퍼마시다…… 심재모는 다시 끓어오르는 분노와 허망감으로 거적 쓴 시체들을 바라보았다. 선임하사가 죽었으니 망정이지 만약 살았더라면 그를 그대로 살려 둘 것 같지 않은 심정이었다. 그러나 경찰의 피해에 비한다면 죽은 선임하사에게 오히려 감사해야 할지도 모를 일이었다. 경찰은 7할의 인명 손실을 당한 형편이었다. 선임하사는 그나마 반은 야간 근무를 시킨 것이었다.

그런데 정작 잔치를 벌인 장본인인 군수와 잔치 참석을 이끈 경찰서장은 살아 있었다. 두 사람은 마당의 아랫사람들과 섞이지 않고 대청마루에서 술상을 마주하고 앉았다가 사태가 벌어지자 혼비백산 방으로 뛰어들었고, 다시 다락으로 기어올랐던 것이다.

심재모가 보성에 머물러 있는 사이에 벌교는 염상진 부대의 공격을 받고 있었다. 염상진 부대는 읍내 중심부를 향해 들몰과 칠동 양쪽에서 협공해 왔다. 상상할 수도 없는 대낮의 기습인 데다가 협공이었고, 지휘관도 없는 상태여서 읍내 방어는 오래가지 못했다. 권 서장은 강 상사와 함께 병력을 집결시켜 적을 막으려 했지만 수적으로도 열세였고, 심리 상태로도 열세였다. 양쪽에서 모두 밀린 군인과 경찰은 결국 경찰서로 다시 집결하는 꼴이 되고 말았다.

"어쩔랍니까!"

강 상사가 숨을 헐떡거렸다.

"여길 사수합시다."

권 서장도 숨을 헐떡이며 대답했다.

"미쳤습니까. 죽어서 지켜져야 사수지, 지금 형편으론 죽고도 뺏기게 생겼어요."

"그럼 어쩌잔 거요?"

"후퇴합니다."

"후퇴? 심 사령관도 없는데?"

"정신 차리시오! 현재의 지휘관은 서장님이요."

"좀 생각해 봅시다."

"적이 코앞에 닥쳤는데 뭘 생각해요. 난 내 부하들 데리고 후퇴하겠소!"

강 상사는 매정하게 돌아섰다. 권 서장도 승산 없는 싸움을 할 생각은 없었다.

"기다리시오, 다 같이 후퇴할 테니까!"

그들은 철교를 목표로 삼아 방죽을 따라 후퇴하며 총질을 했다. 협공을 당하고 있기 때문에 퇴로는 포구를 건너는 것이었다. 그런데 철교 쪽에서 갑자기 총소리가 터졌다. 칠동 쪽에서 공격해 온 적이 퇴로를 차단하고 있었다. 방죽 양쪽에서 협공을 당하는 막다른 길이었다.

"물로 뛰어들어! 물로!"

강 상사가 방죽의 비탈을 뛰어 내려가며 소리쳤다.

"물을 건너라, 물!"

권 서장도 소리치며 방죽을 굴렀다. 군인이고 경찰이고 방죽을 타고 내려 뻘밭으로 뛰어들었다. 썰물 때라서 민물만 흐르는 포구는 깊지 않았다. 총알이 물 여기저기 박히며 물방울이 튀었다. 비명을 지르며 한 명이 물에 머리를 박았다.

"붙들어라, 붙들어!"

권 서장이 외쳤다. 물을 벗어나 뻘밭을 돌파하는데 저쪽에서 또 한 명이 고꾸라졌다.

"이 새끼들아, 끌어, 끌고 가!"

강 상사의 발악적인 외침이었다.

그들이 방죽을 거의 타 넘었을 즈음, 적들이 건너편 방죽에 모습을 드러냈다. 포구를 사이에 두고 방죽을 은폐물 삼아 그들은 대치하게 되었다.

"더 추격할 필요 없다. 이 상태에서 적을 경계하고, 이상이 발생하면 즉시 보고하도록."

염상진은 어림잡은 적의 수와 맞먹게 병력을 배치하고는 나머지 병력을 뒤로 빼냈다. 그 병력을 둘로 나누어, 한쪽은 심재모가 나타날 것에 대비해 역에 배치했고, 다른 한쪽은 소작권을 탈취한 지주들을 잡아 오도록 풀었다.

보성을 공격할 때 이미 염상진은 벌교 공격을 계획했다. 보성이 공격당했다는 보고를 받으면 심재모는 병력을 이끌고 보성으로 출동할 테고 그 기회를 틈타 벌교를 치기로 한 것이다. 지난번에 당한 것과 똑같은 방법으로 허를 찌르는 것이었다. 그렇게 타격을 입히지 않고서는 지난번에 입은 상처가 아물지도, 잊혀지지도 않을 것 같았다.

강동식은 네 명의 조원을 데리고 자신에게 맡겨진 세 지주를 찾아내려고 횡계다리 옆 동네를 뒤졌다. 첫 번째 집도, 두 번째 집도 발칵 뒤집었지만 주인은 없었다. 아침 일찍 나갔다고 하는가 하면, 어디 갔는지를 모른다고 했다. 강동식은 세 번째 집으로 발길을 서둘렀다.

"예 말이요, 외서댁 바깥양반 맞제라!"

느닷없이 들려온 여자 소리에 강동식은 우뚝 걸음을 멈췄다.

"그런디, 누구요?"

젊은 여자가 황급하게 다가섰다.

"나 외서댁 동문디, 외서댁 소식은 알고나 있으시요?"

"무슨 일 있소?"

강동식의 얼굴에 의혹의 빛이 드러났다.

"음마, 갸가 염상구 놈 애 배 갖고 저수지에 빠졌다가 살아난 거 모르요?"

"뭐, 뭐, 뭣이여!"

말을 더듬는 강동식의 부릅뜬 눈에 불이 켜졌다.

"아이고, 공산당도 좋지만 공산당 허다가 마누라 망치고, 그 공산당 어디다 써먹을라요?"

"어찌 된 일인지 세세히 말혀 보씨요."

"세세히 말헐 것도 없소. 죽을라고 저수지에 빠졌다가 살아나서 장흥 이모 집으로 갔다요."

강동식은 더 묻지 않았다. 더 물을 기운도 없었다.

아내가 테러를 당했을 것 같은 염려 때문에 명령을 어기고 집을 찾아갔다가 안창민 동무가 총상을 입은 사건을 일으킨 뒤로는 아내 생각을 하지 않았다. 조직의 규율도 규율이고, 스스로 생각해도 마누라에 연연하는 것이 사내답지 못한 짓이라 여겨졌던 때문이다. 그런데 그런 일이 벌어졌다는 것이다. 그것도 다른 사람이 아닌 대장의 동생 염상구와. 대장은 그 사실을 몰랐을까……. 몰랐을 리 없다. 대장은 다 알면서도 감춰 온 것이다. 염상구 놈을 어째야 하는가. 그놈은 당의 원수인 악질 반동일 뿐만 아니라 내 개인의 원수가 아닌가. 그놈을, 그놈을…….

"강 동무, 이러고 있을 때가 아닌디라……."

넋을 빼고 서 있는 강동식을 옆의 사내가 조심스럽게 일깨웠다.

"아, 알겠소. 어여 움직입시다."

강동식이 걸음을 떼었지만 그 걸음걸이는 아까의 걸음걸이가 아니었다.

다른 조도 하나같이 지주들을 잡아 오지 못했다.

"집구석을 홀랑 까뒤집었는디 꼬랑댕이도 뵈지 않드랑께요. 아마 요것들이 작년 10월에 혼쭐이 난 뒤로 총소리만 나면 어디로 째는 연습을 헌 모양이요."

하대치의 설명에 염상진은 그저 고개만 끄덕였다.

그 판단은 정확했다. 작년 10월의 사건을 겪은 데다가 염상진이 율어에 진을 치고 있으니 무언가 켕기는 게 있는 지주나 유지들은 총소리만 울리면 뻘밭의 게처럼 순식간에 몸을 감출 피신처를 갖추어 놓고 있었다.

"자, 우리 볼일은 끝났소. 그만 떠납시다."

총 여섯 자루를 전리품으로 거둔 염상진은 부하들을 앞세워 퇴각했다. 그들이 읍내에 머문 시간은 두 시간이었고, 읍내는 두 시간 동안 그들의 해방구였던 셈이다. 그들은 아무런 추격도 받지 않고 장터길을 지나고, 쇠머리를 돌아, 국도를 따라 유유히 사라져 갔다.

심재모가 역에 내려선 때는 그들이 떠나고 한 시간쯤 지난 뒤였다.

"사망 셋에 부상 여섯입니다."

이 말을 끝으로 권 서장이 상황 보고를 마쳤다.

심재모는 멍하니 앉아 있었다. 하루 동안 당한 일이 꼭 꿈속일만 같았다. 보성 경찰서장도 염상진의 얼굴을 보았다고 했고, 이곳의 형사부장도 염상진의 얼굴을 똑똑히 보았다고 했다. 어떻게 보성을 치고 다시 벌교를 칠 수 있는지 도무지 믿을 수가 없었다.

위기를 모면한 지주들은 만약 미리 피하지 않고 잡혔으면 죽었다는 분명한 결론 앞에서 공포에 떨었다. 그러면서 도저히 심가 놈을 믿고 살 수 없으니 당장 갈아 치우자는 쪽으로 의견을 모았다.

그런 움직임을 파악한 유주상은 최익달을 앞세워 그들을 한자리에 모았다. 중국집에 모여 앉은 그들은 하나같이 흥분해 있었다.

"염상진 놈이 제아무리 날고 긴다 혀도 어찌 시뻘건 대낮에 고런 일을 벌일 수 있느냐 그것이요. 심가 놈 모강댕이를 당장에 처뿌러야 허요."

"하면이라, 여기 모인 우리는 다 하늘 같은 지체 아니요. 근디 체면에 똥 묻혀 가면서 빨갱이 새끼들을 피해 도망해야 허냐 그것이요. 심가 놈을 당장 잡아다가 우리 앞에 물팍 꿇립시다!"

"물팍만 꿇려? 쥔 잘못 모시는 종놈은 삭신 녹아내리게 매질혀서 내쫓는 것이 법칙이요. 지금 이 나라 쥔은 우리 같은 사람들이요. 어째 그러냐. 나라 쥔이 한민당잉께 한민당을 떠받치고 있는 우리가 쥔이다 그것이요. 허면 심가 놈이 혈 일은 쥔인 우리를 안전허게 받들어 모시는 것이요. 근디 그 자식이 쥔을 잘못 모셨응께 잡아다가 매타작부터 혀얄 것이요."

유주상은 제멋대로 쏟아 놓는 말들이 한 차례씩 돌아가기를 기다렸다. 한바탕씩 자기 말을 해야 속이 풀릴 테고, 그래야 계획대로 일을 몰아가기가 수월해질 터였다.

"다 심가 놈 때려잡자는 말잉께, 어디 유 조합장 말 한번 들어봅시다."

유주상의 눈치에 따라 최익달이 사람들의 말을 막았다.

"청년단장을 맡고 있는 입장에서 면목 없고 죄송스럽게 생각합니다. 그러나 청년단이란 보조 역할일 뿐 작전권도 지휘권도 없습니다." 유주상의 여유 만만한 말에 사람들은 고개를 끄덕였다. "여러분 말씀은 모두 맞습니다. 심재모, 그 사람은 마땅히 책임져야 하고, 우리는 책임을 추궁해야 합니다. 그런데 정말로 그 사람을 여기에 끌어다가 무릎을 꿇리거나, 매질을 할 수 있겠습니까? 그것이 우리의 솔직한 심정이기는 하지만 실제로는 그렇게 할 수 없습니다. 우리는 냉정하게 일을 처리해야 합니다. 제 생각으로는 우리의 뜻을 말로만 할 것이 아니라 문서로 꾸몄으면 합니다." 여기저기서, 좋소, 좋소, 하는 찬동이 나왔다. "우리가 이렇게 모이기는 했지만 개인일 뿐입니다. 이런 일은 개인의 힘으로는 효과가 나지 않습니다. 마침 지난번에 결성한 좌익척결위원회가 있으니, 그 단체의 이름으로 일을 처리하면 효과가 아주 클 것입니다. 그 단체에서 일을 처리하도록 하면 어떨까 싶은데, 어떠십니까?"

유주상이 말을 끝냈다.

"좋네, 좋아."라는 최익달의 말에 "말 한번 시원허게 잘헌다." 하며 윤삼걸이 맞장구쳤고 "어허, 설익은 국회의원 뺨따구 맞겄네. 그리 헙시다."라며 모두 흔쾌하게 찬동했다.

"그러면 다시 모이기 어려우니, 이 문제의 처리를 좌익척결위원회에 맡긴다는 문서를 꾸미기로 합시다."

유주상은 미리 준비해 둔 백지를 탁자 위에 내놓았다.

"돌아가면서 이름을 적고 도장을 찍으십쇼. 도장이 없으면 지장도 좋습니다."

유주상은 만족스러운 기분으로 물컵을 들었다.

"어째 종이가 두 장이요?" 누군가가 물었다. "예, 한 장은 보관해야 하니까 두 장에 이름을 다 써야 합니다." 유주상은 손가락 두 개를 펴 보였다.

계획대로 일을 마친 유주상은 중국집을 나와 경찰서로 바쁜 걸음을 옮겼다.

심재모가 무거운 얼굴로 유주상을 맞았다. 심재모의 심사는 말이 아니었다. 그 어이없는 병력 손실을 연대 본부에 보고해야 했고, 욕설이 태반인 연대장의 노발대발을 그대로 뒤집어썼고, 염상진에게 보복당한 패배감에 신경이 삭아 들고 있는데, 지주와 유지들이 자신의 책임을 추궁하기 위해 모임을 갖는다는 전화를 유주상한테 받았던 것이다. 그 전화는 연대장의 욕설보다 몇십

갑절 모욕적이었다.

"이거, 청년단장 노릇 해 먹기 진땀 납니다. 결론부터 말씀드리면, 제가 유도한 대로 일이 끝났습니다."

유주상은 땀도 안 난 이마를 훔쳤다. 심재모는 아무런 반응도 없었다.

"그 사람들, 처음엔 흥분해서 사령관님을 욕하고, 자기네 생명과 재산을 지키려면 사령관을 바꿔야 한다고 야단이었습니다. 그 사람들이 실컷 떠들다가 제물에 지치기를 기다려 제가 설득 작전을 폈습니다. 그렇게 해서 좌익척결위원회에 모든 일을 일임한다는 결론을 내렸고, 그 결과가 바로 요겁니다."

유주상은 양복 속주머니에서 종이를 꺼내 펼쳐 놓았다. 두 장의 위임장 중 한 장이었다.

"이걸 찢으십쇼. 그럼 일은 없었던 걸로 깨끗이 끝납니다."

"내 일에 관한 건데 내 손으로 찢고 싶지 않소. 유 조합장께서 찢으시오."

심재모는 쓸쓸하게 웃었다.

"그게 좋겠습니다."

유주상은 거침없이 종이를 찢으며, 자식이 오기는 창창해서, 하고 비웃었다. 내쫓기는 심재모의 비참한 꼴이 눈앞에 훤히 보였다.

유주상은 지주들의 움직임을 알고 그것을 심재모를 칠 또 하나의 힘으로 이용하자는 생각이 떠올랐다. 지난번에 띄운 고발장에 이어 이번에 또 보내면 심재모는 죽은 목숨이 안 될 수 없었다. 그러나 심재모가 알아서는 안 되기 때문에 위임장을 두 장 만들어 그 앞에서 한 장을 찢는 연막을 친 것이다.

16

당신을 용공 행위로 체포하겠소!

아침 식사를 마친 대원 40여 명이 교실에 모여 앉았다. 염상진은 신문을 들고 앞으로 나섰다. 그들은 학습을 마치고 인민봉사에 나갈 대원들이었다. 농사철이 시작되면서 대원들을 3개 조로 나누어 하루씩 농사일을 돕게 했다. 인민을 위해 싸우는, 인민 해방군의 진면목을 살리기 위한 교육이고 봉사였다. 대원들의 봉사는 해방구 인민의 열렬한 환영을 받았다. 사상 학습과 토론은 매일 두세 시간씩 실시했다. 인민 해방군으로서의 투쟁 생활과 당의 군대로서의 정치 생활이 균형을 이루게 하기 위해서였다. 정치 생활을 통해 인민의 군대는 투쟁성을 확보하며, 그 투쟁성을 통해 인민 해방에 복무하며, 해방된 인민의 뜻으로 당의 건재는 확인되며, 당은 인민을 위한 혁명 사업을 추진함으로써 그 존재 이유가 있는 것이었다.

"오늘은 신문에 보도된 사실을 중심으로 학습을 진행하겠습니다." 염상진은 신문을 펼쳤다. "그저께, 그러니까 4월 29일에 미 제국주의의 괴뢰 이승만이 그의 서양 마누라 프란체스카를 데리고 비행기로 제주도를 방문했습니다. 왜 이승만이 제주도에 갔을까요? 경치 구경을 갔을까요? 아닙니다. 여러분은 그동안의 학습을 통해 제주도의 4·3투쟁이 얼마나 용맹스럽게 전개되었는지 잘 알 것입니다. 또한 그 투쟁이 섬에 갇혀 얼마나 고통스럽게 계속되어 왔는지도 잘 알고 있을 것입니다. 제주도의 투쟁은 꼭 1년이 되었고, 이승만은 직접 제주도를 찾아감으로써 제주도의 투쟁이 그들이 쓰기 좋아하는 말로 '완전 진압'되었다고 선전하려는 것입니다. 봐라, 제주도는 이렇게 안전하다, 공산 폭도들은 완전히 없애 버렸다, 하는 선전을 하려는 속셈입니다. 여러분, 과연 제주도의 실정은 어떨까요? 우리의 혁명 동지들과 제주도 인민들이 지난 1년 동안 인민 해방과 민족 자주 통일을 부르짖으며 피나는 투쟁을 해 왔습니다만, 미 제국주의와 그 앞잡이인 경찰은 인민들을 무자비하게 죽이고, 미제의 신식 무기를 동원해 끝없이 공격을 퍼부어 우리의 혁명 동지들이 수없이 죽어 간 것이 사실입니다. 그러나 이승만이 선전하는 대로 우리 혁명 동지들이 '완전

진압'된 것은 아닙니다. 당의 조사에 따르면 아직도 삼사백 명의 동지들이 열렬한 투쟁을 계속하고 있습니다. 그런데 이승만이는 인민들을 강제로 동원해서 꾸민 환영 대회에서 다음과 같이 말했습니다. '정부를 수립하는 사이 대구폭동과 여순반란 사건 등, 공산당의 파괴 활동을 몇 번 경험했지만 제주도 폭동과 같은 대규모 반민족적 행위는 일찍이 없었다. 나는 한 사람도 남김없이 역적 도배를 절멸하라고 군·경에 지시했다.' 이게 이승만이 연설한 대목인데, 어려운 말은 '절멸'이군요. '절멸'이란 완전히 망해서 없어진다는 뜻입니다. 또 알아듣기 어려운 말은 없습니까?" 염상진이 대원들을 둘러보았다. "없구만이라." "인제 고런 정도 말이야 쌈빡허니 알아먹어불제라잉." "와따, 그 빌어먹을 영감탕구가 누구보고 역적 도배라고 주딩이 까는 것이여, 잡것! 지가 역적 도배면서." 여기저기서 터져 나온 말들이었다.

"여러분!" 염상진은 신문을 접었다. "'한 사람도 남김없이 역적 도배를 절멸하겠다.'는 이승만의 말은 계속 제주도 인민들을 학살하겠다는 뜻이고, 바로 우리에게도 하는 말입니다. 인민 해방의 적이며, 민족 반역자인 이승만은 오히려 우리 인민과 우리 혁명 전사들을 역적 도배라면서 남김없이 죽여 없애겠다고 떠들고 있는 것입니다. 슬프고 가슴 아픈 일이지만 우리는 제주도 투쟁이 매우 어려워지고 있음을 인정하지 않을 수 없습니다. 지난 1년 동안의 열렬한 투쟁으로 수많은 혁명 전사들과 혁명 인민들이 아까운 목숨을 바쳤습니다. 그 수가 자그만치 8만 명이 넘습니다. 우리 군민 전체를 하나도 남김없이 죽이면 바로 8만 명입니다, 여러분! 그것이 바로 이승만 도당이 미 제국주의자들과 작당해서 저지른 만행입니다. 그런데 이승만 도당은 그 많은 목숨을 죽이기 위해 투입한 군경 병력을 머지않아 우리 전남 지역에 투입할 것입니다. 오늘의 학습에서 강조하고자 하는 점이 바로 이것입니다. 제주도 병력이 우리 전남 지역에 투입되면 우린 어떻게 해야 하겠습니까!"

"더 세게 싸워야제라." "제주도서 죽은 사람들 웬수 갚아야제라." "하면, 우리도 죽을 때까지 싸워야 허요." 대원들의 외침이 교실을 흔들었다. 염상진은 손을 들어 분위기를 가라앉혔다. "여러분의 열렬한 투쟁 의욕에 뜨거운 박수를 보냅니다. 바로 그것입니다. 이승만 도당이 그렇게 잔악하게 나올수록 우리는 더 굳게 뭉쳐 불덩어리 같은 투쟁 정신으로 혁명 투쟁을 해 나가야 합니다. 제주도에서 죽어 간 8만의 고귀하고 거룩한 죽음을 헛되게 하지 않는 길은 우리가 혁명을 완수해 내는 것뿐입니다. 여러분, 10·1인민항쟁, 2·7구국투쟁, 4·3투쟁, 단선저지투쟁, 이런 혁혁한 투쟁에서 얼마나 많은 인민들이 거룩한 피를 흘리며 죽어 갔습니까. 그러한 투쟁들 다음으로 이어진 것이 바로 지금 우리가 싸우고 있는 여순 투쟁입니다. 혁명 전사 여러분, 지금 우리가 이 자리에서 앞서 죽어 간 분들의 죽음을 다시금 가슴에 새기고 있는 것처럼 인민들도 앞서 간 분들의 죽음을 똑똑히 기억하고 있습니다. 이것이 바로 살아 숨 쉬는 역사입니다. 역사는 무심하게 흘러가는 세월이 아닙니다. 역사는 우리들이 전개하는 투쟁 속에서 여러분의 손으로 만들어지고 있으며, 여러분이 만들어 내는 역사는 앞서 간 분들의 투쟁을 이어받고 있는 것입니다. 마찬가지로 우리가 오늘 당장 투쟁 전선에서 죽는다 해도 우리의 투쟁은 또 다른 전사들이 이어받을 것입니다. 그러므로 여러분은 역사의 선봉이고, 투쟁 중에 죽어 간다 해도 그 목숨은 인민의 역사, 혁명의 역사에 영원히 살아 있게 될 것입니다. 다시 한 번 우리의 위대한 지도자 레닌 동지의 가르침인 '무엇을 할 것인가.'를 생각하면서, 오늘의 학습에 대한 토론에 들어가겠습니다."

염상진이 대원들을 바라보며 긴 숨을 내쉬었다.

"당신을 용공 행위로 체포하겠소!"

헌병 중위의 입에서 터져 나온 말이었다.

"용공 행위라니!"

본능적인 방어 태세를 갖추며 심재모의 입에서 튀어 나간 말이었다.

"반항할 생각은 마시오."

중위의 말은 싸늘했다. 그의 양쪽 옆에는 두 사병이 심재모에게 카빈총을 겨누고 있었다.

"좋소, 그 용공 행위가 뭔지 밝히시오."

심재모는 자신이 저지른 용공 행위가 무엇인지 아무리 생각해도 짚이지 않았다.

"내가 아는 건 그 영장에 적힌 것뿐이고, 내 임무는 당신을 서울까지 호송하는 거요."

심재모의 눈길이 책상 위로 떨어졌다. 책상 위에 놓인 체포 영장에는 체포 사유를 '용공 행위'라고 적은 네 글자가 또렷하게 박혀 있었다.

"10분 내에 사물을 정리하시오."

심재모의 체념을 눈치챈 중위가 밀어붙이듯이 말했다.

"정리할 사물은 없고⋯⋯. 전화나 두어 군데 했으면 좋겠소."

심재모의 얼굴은 핏기 없이 딱딱하게 굳어 있었다.

"그건 곤란한데요. 당신이 여길 떠나는 사유가 민간인에게 알려지는 건 군대 기밀 누설이오."

"알겠소, 관두겠소."

심재모는 빠르게 말을 해치웠다. 생각해 보니 막상 전화 걸 데가 없었던 것이다. 그가 전화를 걸려고 했던 데는 서민영 선생과 김범우였다. 그러나 서민영 선생 댁에는 전화가 없고, 김범우는 이미 서울로 떠나고 없다는 사실이 뒤늦게 떠올랐다.

"권 서장을 만나고 떠나야겠소. 이건 공적인 업무요."

"좋도록 하시오."

중위가 옆의 부하에게 눈짓했다. 사병이 문을 열자 밖에 초조하게 서 있던 권 서장이 안으로 들어왔다.

"서장님, 제가 떠나게 됐습니다."

심재모는 웃으려 했지만 얼굴이 어색하게 구겨졌다.

"아니, 어찌 된 일입니까!"

권 서장은 다급하게 심재모의 책상 앞으로 다가섰다.

"나도 모를 일이오."

심재모가 책상 위의 영장을 집어 권 서장에게 내밀었다.

용공 행위, 네 글자를 보는 순간 율어로 여자를 들여보낸 일이 권 서장의 머리를 쳤다. 아, 그 일이 결국……. 그러나 권 서장은 그 말을 하지 않았다. 그 말을 꺼내서 심 사령관에게 도움 될 게 없었다.

"갑시다. 서울까지라면 천 리 길이오."

심재모는 모자를 쓰며 말했다. 그건 권 서장에게 자신이 잡혀가는 곳을 알리려는 뜻이었다.

심재모가 떠나자마자 권 서장은 봉변 같은 일을 당했다.

"하! 속 시원하다. 젊은 놈이 시건방지게 까불더니 결국 쇠고랑을 찼군."

토벌대장 임만수는 통쾌해 죽겠다는 듯 마음껏 목청을 높였다. 심재모와의 첫 대면에서 그가 당한 일을 생각하면 그럴 수도 있었다. 그런데 그는 거기에 그치지 않았다.

"토벌대장 권한이 서장보다 먼저란 건 당신도 잘 알겠지! 오늘부턴 내가 총지휘관이오. 당신, 나이 어린 심가를 꼬박꼬박 잘 모셨으니 오늘부터는 날 그렇게 모시리라 믿소. 그리고 앞으로 어떤 자가 계엄사령관으로 올지 모르지만, 또 그렇게 군바리 편들면서 빌빌대지 말라구."

심재모의 책상에 다리를 척 걸치고 앉은 임만수가 거침없이 쏟아 놓았다. 그가 뭐라고 지껄이든 권 서장은 아예 탓하지 않기로 작정해 버렸다. 그가 아무리 설쳐도 새 계엄사령관은 곧 올 것이었다.

권 서장이, 심재모가 무슨 일로 모함을 당했는지 알아챈 것은 그다음이었다.

"워메, 3년 묵은 체가 뚝 떨어지고, 10년 묵은 티눈이 쏙 빠진 거맹키로 시원허다. 아, 지금이 어떤 세상이라고 지 놈이 빨갱이 새끼를 배게 혀서 빨갱이 숫자 늘려 주는 용공 행위를 하느냐 그것이여. 와따, 참말로 속 시원허시."

염상구가 경찰서 안에서 떠들어 댔다. 그 말을 듣고 권 서장은 심재모가 끌려간 이유를 확실히 알게 되었다.

권 서장은 심재모에게 일어난 일을 써서 그의 집으로 편지를 부치고 나서 서민영을 찾아갔다.

"놀랍긴 하지만, 능히 있을 수 있는 일이오."

이야기를 다 들은 서민영이 낮은 목소리로 말하며 고개를 끄덕였다.

"그게 극우 테러의 본보긴데, 나라를 망칠 근원이 바로 그거요. 내 힘은 없소만, 심 사령관이 그자들의 희생물이 되게 놔둘 수는 없는 일이요."

서민영의 목소리는 낮았지만 단호했다.

"선생님, 고맙습니다."

서민영의 능력을 경험한 바 있는 권 서장으로서는 그가 그저 고마울 따름이었다.

"이건 누가 누구한테 고마워할 문제가 아니라 힘을 합해 해결해야 할 문제요."

"예, 최선을 다하겠습니다."

"최선을 다하되 드러내진 마시오. 권 서장도 그들의 표적이 될 테니까. 지금 우리 사회에선 공산주의가 무서운 게 아니라, 무지막지한 극우 세력의 폭력이 무서운 거요. 그 본보기가 지난 1월에 세상을 경악케 한 특위 암살 음모 사건 아니겠소. 친일 경력자들이 다시 경찰 간부로 앉아서 특위 간부들과 그에 연관된 국회의원들을 죽여 없애려는 세상이니, 심 중위가 그런 모함 당하는 것쯤이야 손바닥 뒤집기일 게요. 처단되었어야 할 부류들에게 미국 놈들이 권력까지 쥐어 주었으니……."

권 서장은 바늘방석에 앉은 기분이었다.

"전 이만 물러가겠습니다."

"그러시고, 나와 긴밀히 연락합시다."

서민영이 앉은뱅이책상을 짚고 일어섰다.

심재모가 잡혀간 사실은 읍민들을 놀라게 했다. 읍민들에게는 계엄사령관이 잡혀갔다는 사실 자체가 놀라움이었고, 그가 잡혀간 까닭을 알고 나서는 더 놀라 몸을 움츠렸다. 아이를 갖게 하려고 여자를 율어로 들여보낸 일이 뒤늦게 사람들 입을 건너다녔고, 그 일이 칭송받는 게 아니라 오히려 용공죄가 된다는 사실에 사람들은 의문을 품었다. 일단 용공이라는 이름이 붙었다 하면 그쯤의 일로도 권세 뜨르르하던 계엄사령관이 쇠고랑을 차는 세상임을 확인하며 사람들은 두려움에 진저리를 쳤다.

그런 뒤숭숭한 분위기 속에서 김복동과 마삼수는 무죄로 풀려났다. 살인 죄인으로 몰려 꼼짝없이 평생 감옥살이를 하게 된 그들을 살려 낸 건 서운상이네 머슴 피보길이었다. 그의 말 한마디로 살인 죄인이 되었다가 다시 그의 말 한마디로 죄 없는 몸이 된 것이었다.

"참말로 그 사람이 맘 고쳐먹고 바른말 혔응께 풀려났제 끝까지 거짓말혔으면 어찌 됐을 것이오."라며 김복동의 아내 장흥댁이 눈물겨워했고 "하면이라, 자기도 몸 상헌 처지에 바른말 허기가 어디 쉬운 일이다요." 하고 마삼수의 아내 목골댁도 감읍했다. 그 네 사람 옆에서 강동기의 아내 남양댁만 외로움을 탔다.

법정에서 증언을 바꾼 이유를 '차마 사람이 할 짓이 아니라.'고 말한 피보길은 집으로 돌아오자마자 보복을 당했다. 서운상의 아내와 동생 서기상이한테 내몰림을 당한 것이다.

"저런 순 의리 없는 놈! 고런 거짓말은 차마 사람이 헐 짓이 아니라고! 요 죽일 놈아, 느그 쥐어른 원수 안 갚는 것은 사람이 헐 짓이더냐! 그냥 원수를 갚으란 것도 아니고, 대가를 톡톡히 치루면서 허란 일인디, 니놈이 무슨 맘보로 다 된 잔치에 코 빠치는 거여, 빠치길. 나가! 당장 끼대 나가!"

화가 난 서기상이 소리소리 질렀다. 피보길은 이미 각오한 일이라 태연하게 맞섰다.

"평양 감사도 지 허기 싫으면 그만잉께요."

"저, 저놈 말 받는 뽄새 좀 보소. 꼬라지 보기 싫은께 당장 나가 그라, 당장!"

"나도 요놈의 집구석이라면 신물이 나는 사람이어. 인연 끊기로 헌 마당에 이놈 저놈 허지 말어! 애시당초 맘보 잘 썼으면 고런 꼴 당혔겄어?"

피보길은 마당에 침을 내뱉었다.

"요 못된 인종아, 썩 나가라, 썩 나가!"

"인제 떡 해 놓고 빌어도 요 드런 놈의 집구석에는 안 있겄어."

피보길은 가래를 돋우어 또 내뱉고는 기세 좋게 돌아섰다. 어차피 짐을 쌀 마당에 할 소리는 하자는 배포였고, 머슴살이할 데는 얼마든지 있었다.

"저, 저 불쌍것이 어느 안전이라고……."

서운상의 아내는 분을 못 참아 온몸을 부들부들 떨다가 마루에 털퍽 주저앉았다. 어찌어찌 의식은 돌아왔지만 전신이 마비된 서운상은 말을 하지 못했다. 남편이 병신이 된 만큼 앙갚음을 하리라 철석같이 믿었는데, 머슴 놈이 환장을 했는지 말을 뒤집은 것이다. 원통하고 분해서 서운상의 아내는 제 가슴팍을 치고 저고리를 쥐어뜯었다.

김복동과 마삼수는 감옥에서 풀려나긴 했지만 앞길이 막막했다. 떼인 소작을 되찾을 길이 없었던 것이다.

"우린 인제 어째야 쓰겠소?"

마삼수가 김복동에게 물었다.

"어쩌기는 어째, 막막허제."

맥 빠진 김복동의 말이었다.

"하늘이 무너져도 솟길 구녕 있더라고, 방도를 찾아야제라."

"제길, 자네처럼 젊기를 허니 머슴을 살겄능가, 어쩌겄능가. 앞길이 캄캄허시."

"성님! 어째 말을 혀도 그렇게 허요. 머슴살이가 뭐요, 머슴살이가."

마삼수가 버럭 소리쳤다.

"하도 답답한께로 허는 소리 아닌가."

"답답하다고 그리 밑으로 가라앉는 소리만 허지 말고, 위로 솟기는 쪽으로 생각을 좀 돌리씨요."

"위로 솟길 데가 있어야 말이제."

"위로 솟길 데가 있소."

"뭣이여!"

김복동이 고개를 번쩍 들었다.

"성님, 허가 놈이 서운상이가 팔아넘긴 우리 논 마름을 그대로 허게 된 것 알제라?"

"알제."

김복동은 눈을 껌벅껌벅했다.

"우리가 그 허가 놈 붕알을 잡아채고 덤비자 그것이요. 니가 마름을 그대로 해 먹듯이 우리 소작도 내놓아라, 안 그러면 니가 빌려준 돈 우리가 싹 다 떼먹을 것잉께 알아서 해라, 요러크름 몰아친다 그것이요. 제 놈이 빚돈 받을라면 우리 소작 찾아 주고, 빚돈 떼일라면 안 찾아 주고, 그러것제라. 으쩌요?"

"금메, 귀가 솔깃허긴 헌디, 그놈이 소작을 안 찾아 주면 참말로 돈을 떼먹을 참이여?"

"허먼, 성님은 갚을 참이요?"

"무슨 수로……."

"긍께 밑져야 본전, 죽게 된 마당에 죽기 아니면 살기로 밀어붙이자 그것이요."

"그러세. 나도 인제 악뿐이 안 남었네."

두 사람은 그 길로 허출세를 찾아갔다.

"풀려났단 말 진작 들었는디 인제야 왔는감?"

허출세는 첫마디를 이렇게 내쏘았다.

"아재도 마름 자리를 떼인 줄 알었등마 우리 없는 새 도로 차고앉었습디다?"

마삼수가 주저 없이 말을 내지르고 나갔다.

"무슨 소리여, 시방. 차고앉었다니, 어디다 대고 고런 싹수없는 말 버르장머리여!"

얼굴이 싹 변한 허출세가 소리쳤다.

"내가 허고 싶은 말은 아재가 도로 마름 해 먹듯이 우리도 소작 도로 부치게 해 달라 그것이요."

"아니, 저놈이 시방 뭔 넋 나간 소리 허고 자빠졌는 기여. 내가 니놈 종이냐! 이래라 저래라 허게. 빌어도 안 될 일을 그리 싸가지 없이 혀?"

허출세는 담뱃대로 놋재떨이를 마구 두들기며 소리 질렀다.

"나도 아재 종놈 아닌께 이놈 저놈 허지 말고라, 소작을 찾아 줄 것인지 아닌지만 딱 부러지게 말허씨요."

"아니, 이놈이 뒈질라고 환장을 혔다냐 어쨌다냐. 이놈아, 될 일도 못혀 주겄다. 알아듣겄냐."

"알아들었소. 허면 빚돈 받을 생각은 마씨요."

"뭣이라고! 뭣이라고!"

허출세는 말에 맞추어 담뱃대로 놋재떨이를 한 번씩 내리쳤다.

"빚돈 못 갚겄다 그것이요."

마삼수는 허출세를 바라보며 분명하게 말했다.

"내 돈 떼먹었다 허면 느그 놈들 다 감옥에 처박고 말 것이여!"

"맘대로 허씨요. 인제 감옥에는 이골이 났응께로. 헐 말 다 혔응께, 성님, 갑시다."

마삼수를 따라 김복동이 일어섰다.

"저, 저, 망할 놈이……."

방을 나가는 두 사람을 향해 팔을 뻗친 허출세는 말을 제대로 못했다.

"우리가 금융조합장 유주상이도 찾아갈 것이요. 그 자식이 삐까닥허게 나오면 그 자식도 서운상이 꼴 맹글어 뿔고 말 것잉께로. 우리헌테 남은 건 악뿐이고, 무서운 것은 암것도 없다 그것이여."

마삼수가 내질렀고, 허출세는 그 말들이 섬뜩섬뜩 가슴에 박혀 와 오금이 죄어들었다.

17

새로 부는 바람

임만수의 '총지휘관' 노릇은 나흘로 끝났다.

후임 계엄사령관은 오후 4시 기차로 도착했다. 그는 이미 두 시
간 전에 경찰서장에게 전화를 걸어 "나 새로 부임하는 계엄사령
관이오. 16시 도착이니까 역에 병력을 도열시켜 주시오." 하고는
전화를 끊었다. 권 서장은 읍장과 임만수에게 그 소식을 알리고,
강 상사를 불러 병력 도열을 일렀다.

2개 소대 병력은 플랫폼에서 기차 쪽을 향해 네 줄로 서 있었
다. 기차가 멈추고, 큰 가방을 든 군인 하나가 내리고 뒤이어 홀
몸인 군인이 내려섰다. 허리의 권총과 손에 든 지휘봉이 그가 계
엄사령관임을 드러냈다. 강 상사가 그쪽으로 뛰어갔고, 기관장들

은 서로 눈치를 살피며 쭈뼛거렸다.

"어서 오십시오, 사령관님."

강 상사가 경례를 붙였다. 중위는 경례를 받으며 눈을 군인들 쪽으로 보냈다.

"강 상사, 병력을 도열시키란 말 못 들었나."

"들었습니다. 그래서……."

"저건 정렬 대형이지 도열 대형이 아냐. 가운데 길을 만들고, 서로 맞바라보게 도열 대형을 만들어, 빨리!"

"옛, 알겠습니다."

강 상사는 황급히 돌아서서 뛰었다. 그 가운데로 제 놈이 지나가겠다 그거지, 내 참 더러워서. 강 상사는 뛰면서 중위의 의도를 알아챘다. 강 상사가 '도열 대형'을 허겁지겁 만들고 돌아섰을 때 중위는 느린 걸음으로 걸어오고 있었다.

"도열 대형 완료시켰습니다."

"좋아. 내가 부대 앞에 서면, 강 상사는 받들어총 구령을 한다. 나는 받들어총을 받으며 가운데를 지나 반대편에 도착해 경례를 받는다. 그런 다음 부대 세워총, 나를 향해 좌향좌, 우향우다. 차질 없도록. 기관장들과는 내 말이 끝난 다음 인사한다."

"알겠습니다."

강 상사는 부대원들에게 빠른 말로 요령을 설명했다.

"부대, 열주웅쉬엇, 차리이엇. 사령관님을 향하여 받들어이총!"

구령에 맞추어 병사들이 절도 있게 움직였다. 양쪽으로 늘어선 병사들이 받들어총을 하고 있는 가운데로 중위가 걸어갔다. 보통 키인 그는 몸에 군살이라고는 붙어 있지 않았고 얼굴은 유난히 작아 보였다. 얼굴이 작아 보이는 것은 폭이 좁기 때문이었다. 얼굴이 좁은 것처럼 어깨도 좁아서 키나 체구가 실제보다 작아 보였다. 그런데도 이상하게 그는 볼품없거나 왜소해 보이지 않았다. 가무잡잡한 얼굴은 단단하다 못해 딱딱한 느낌이 들 만큼 야무져 보였고, 몸도 운동으로 다져진 듯 짱짱한 탄력이 느껴졌다.

중위는 걸음을 멈추고 경례를 받았다.

"부대, 세우위총!"

개머리판이 일제히 땅을 치는 소리가 플랫폼을 울렸다.

"일이소대, 좌우향우!"

"본관은 계엄사령관 백남식이다. 장병 제군들, 그동안 근무에 수고 많았다. 그러나 전 지휘관의 사상이 불온했음을 생각하면 나로서는 제군들의 군기를 의심하지 않을 수 없다. 내가 내세우는 복무 정신은 하나에서 열까지 멸공이다. 그 목적 달성을 위해 나는 수단 방법을 가리지 않으며, 어떤 희생도 불사한다. 이런 나의 방침에 맞춰 장병 제군들을 재무장시킬 것이다. 오늘은 이만."

받들어총 경례를 받은 백남식은 기관장들 쪽으로 돌아섰다.

"읍장 이병줍니다. 우리 읍에 부임하신 걸 환영합니다. 마음 든든합니다."

"고맙습니다."

읍장이 희멀겋게 웃었고, 그는 딱딱한 얼굴로 토벌대장, 경찰서장을 지나 최익달에 이르렀다.

"좌익척결위원회 위원장 최익달이라고 헙니다. 연설이 아주 근사허구만이요."

"아, 최익달 위원장님. 안녕하십니까?"

백남식은 비로소 웃음 지으며 최익달을 아는 체했다.

"워쩌크름 나를 아신당가요?"

최익달은 당황한 기색과 함께 의아해했다.

"나를 불러 주셨으니 알지요."

최익달은 그때서야 고발장을 생각해 내고는 기분이 좋아졌다. 금융조합장, 세무서장 순으로 인사가 이어졌다.

"어쩌신가요, 오늘 밤에 환영식을 겸해 우리가 모시고 싶은디요."

최익달이 은근하게 말했다.

"글쎄요, 첫날이라 어떨지……."

의외의 부드러운 반응에 최익달은 금방 그 심중을 꿰뚫었다.

"환영식이야 날 지날수록 맥 빠지는 법이제라. 오늘 당장 헙시다."

"그래 볼까요, 그럼."

백남식은 마지못한 듯 대꾸했다.

기관장들에게 에워싸여 대합실을 나오는 백남식을 나무 뒤에서 염상구가 살피고 있었다. 말석일망정 저 사람들 사이에 끼지 못한 그의 심정은 말이 아니었다. 저들 사이에 끼었던 날이 꿈만 같았고, 감투가 얼마나 중요한지 실감이 났다. 와따, 저 자식 저것 사납기도 허겄고, 독허기도 허겄고, 몸을 보니 운동도 한가락 허겄는디. 염상구는 문득 긴장했다.

어둠살이 다 차기도 전에 남원장에는 술판이 벌어졌다. 술상은 어느 때 없이 걸게 차려졌고, 기생들도 유난스레 진한 화장을 하고 있었다.

"심재모라는 자가 빨갱이 기는 기대로 세워 놓고, 아랫것들 버르장머리는 버르장머리대로 버려 놓고, 우리 유지고 지주들 체면이고 안전이고 다 망쳐 이 바닥 쥔이 누군지 몰라보게 뒤죽박죽되야 뿌렀소. 인제 백 사령관이 단단히 채를 잡아 주씨요."

최익달이 백남식에게 술잔을 내밀었다.

"공산당에 대한 내 생각은 아까 말한 대로고, 곧 행동으로 보여 드리겠습니다."

백남식은 눈을 각지게 뜨며 말하고는, 잔까지 입에 던져 넣는 것처럼 한 동작으로 술을 비웠다.

그들이 술을 마시고 있을 때, 서민영은 등잔 불빛 아래서 심재모의 죄 없음을 주장하는 탄원서의 끝손질에 몰두해 있었다. 오늘 밤 탄원서를 다 써서 내일부터 읍민들에게 도장을 받을 작정이었다. 그러나 그 효과를 확신할 수는 없었다. 모략을 한 자들은 유지에 지주인 데다가 친정부 단체를 앞세우고 있었다. 그런데 탄원서에 도장을 찍을 사람들은 그저 평범한 읍민들이었다. 그들에 맞설 방법은 되도록 많은 사람의 도장을 받는 것뿐이었다.

한편, 심재모가 당한 일을 알게 된 손승호는 충격에 빠졌다.

"자네 탓이라고 괴로워할 것 없네. 자네나 범우, 심 사령관이 한 일은 옳아. 아무리 좋은 사상이나 이데올로기도 결국 인간 이상일 수는 없어. 그러니 그 여자를 받아들인 염상진도 옳아. 옳지 않은 건, 그 순수한 일을 자기네 이익을 위해 악용하는 부류들이야. 지금 우리는 그들과의 싸움에 맞닥뜨려 있네. 이런 싸움은 진작부터 이 나라 도처에서 일어났고, 앞으로는 더 심해질 걸세. 하여튼 당장 급한 일은, 심 사령관을 구덩이에서 건져내는 것일세."

그러면서 서민영 선생은 탄원서를 첫 번째 방법으로 꼽았다. 손승호는 다음 날부터 일과가 끝나기 바쁘게 학부모들을 찾아다니며 도장을 받았다. 자신이 심재모를 위해 할 수 있는 일은 그것뿐이었다.

오늘도 통금 직전까지 쏘다니다 돌아온 손승호는 벽에 몸을 부린 채 멍하니 앉아 있었다. 끌려가면서 나를 얼마나 원망했을까……. 손승호는 또 그 생각에 붙들려 있었다. 그리고 신학기를 앞두고 사표를 내지 않은 것이 천만다행이라 싶었다. 사표를 냈더라면 도장 받기가 쉽지 않았을 터였다. 그러나 손승호는 헤설픈 웃음을 흘리고 말았다. 사표를 내지 않은 의미를 그런 데서 찾고 있는 자신이 한심했다. 망설임 끝에 결국 사표를 내지 못한 것은 막상 다른 생활 방편을 찾지 못했기 때문이었다. 사표를 낼 이유보다 부양가족 많은 생활 현실이 더 무겁게 그를 눌렀던 것이다. 그러나 사표는 당분간 미룬 것일 뿐이었다. 정치색으로 오염되기 시작한 학교는 편안한 일자리일 수 없었고, 그것을 편안한 일자리로 만들려면 스스로의 의식을 오염시킬 수밖에 없었다. 그 짓만은 할 수 없었다.

이튿날, 경찰서로 출근한 백남식은 책상에 앉자마자 임만수에게 지시했다.

"빨갱이 명단을 다 가져오시오. 애 배러 들어간 집 것은 따로 뽑고, 그 집 식구들은 모조리 잡아 오시오."

임만수에게 지시를 내린 백남식은 느긋한 기분으로 의자에 등을 기댔다. 이런 구석에 그리 좋은 술집이 있을 줄이야……. 전라도, 살수록 살맛이 나는 땅이었다. 처음에는 고향 경상도와는 말부터 생판 달라 살아질 것 같지가 않았다. 그런데 몇 개월 지내보니 정 붙는 데가 한두 곳이 아니었다. 첫째는 가짓수 많고 맛이 좋은 음식상이었고, 둘째는 이상하게 정겨운 여자였고, 셋째는 돈 잘 쓰고 기분 잘 내는 지주들이었고, 넷째는⋯⋯. 빨갱이가 득실득실 많다는 생각이 떠올랐다. 그건 정 붙는 항목 네 번째가 아니라 정떨어지는 항목 첫 번째였다. 제기랄, 대구 빨갱이도 유명하지만 전라도하고도 이 지방 빨갱이도 그만 못하다면 서러워하겠지? 무슨 팔자가 빨갱이 굴에서 태어나서 빨갱이 굴로만 굴러다니나. 그래도 빨갱이 놈들 덕에 권세 누리고 호강하고 있는 거 아닌가. 아버지는 장사를 해서 남들이 부러워할 만큼 돈을 벌고도 늘 권세를 부러워하셨지. 장사를 천하게 여기는 풍습 때문이었지. 아버지 소원을 풀어 드릴 수 있게 군인이 내 기질에 딱 맞았던 것은 참 다행이었지. 육사 생활, 아주 근사했어. 일본 놈들의 차별만 빼면 말야. 그래도 난 기계체조 실력으로 차별이 아니라 우대를 받았지. 중학교 때부터 도 대표였으니 육사에서 날 당할 일본 놈들이 있을 수 없었지. 난 천상 일급 황국신민이었는지도 몰라. 육사 교복을 입고 있으면 일본 년들도 나를 순종으로 알았으니까. 그 빌어먹을 말을 하면 들통이 나지만. 육사생에, 기계체조 선수에, 일본 놈 같은 생김에, 어쨌든 그 덕에 반닥하게 생긴 일본 여자애들을 쉽게 사귈 수 있었지. 그다음, 해방이 될 때까지 관동군 시절, 고생도 많았지만 지금 생각하면 재미있기도 했어. 관동군 앞에서는 만주 벌판이고 중국 대륙이고 무법천지였으니까. 물건도, 여자도 맘만 먹으면 내 것이었지. 그런데 그 만주 벌판을 쫓겨 다니며 독립운동을 한다는 놈들, 그것들 참 이해가 안 되는 것들이었어. 제대로 먹지도 입지도 못하고 더구나 무기도 제대로 없는 것들이 대일본 제국을 상대로 싸워 독립을 하겠다니, 그 멍청한 것들이 가만히만 있으면 이쪽에서도 모른 척할 텐데 하, 겁도 없이 기습을 가해 피해를 입히니 가만둘 수가 있나. 그 독종들, 죽어 가면서도 대한 독립 만세였지. 눈앞에 대일본 제국이 버티고 있는데 어찌 그리 가망 없는 생각을 찰떡같이 할 수 있는 건지 도무지 이해가 안 돼. 근데 독립운동을 하는 것들은 거의가 공산주의자라고 했거든. 그것들이 그리 독했던 건 공산주의를 해서 그런 것 아닌가. 어쨌든 빨갱이들은 그때부터 지금까지 말썽이라니까. 뭐니 뭐니 해도 제일 간 떨어진 일은 대일본 제국의 패망이었지. 그때 그 막막함이란, 평생에 두 번 겪을까 겁나는 일이었지. 일본으로 갈 수도, 만주에 남을 수도 없는 그 앞뒤가 콱콱 막힌 속에서도 살아날 구멍이 있었으니, 역시 세상살이는 그때그때 머리를 잘 돌려야 해. 어느 놈이 알게 뭐냐, 독립군으로 입국하자! 이 얼마나 멋들어진 생각이었던가. 독립군 행세로 서울까진 거칠 것 없이 왔지만, 고향까지는 갈 수 없었지. 친일 전력을 가진 사람들이 고향에서 도망 나오는 실정이었으니까. 고향에도 못 가고 서울에서 세상 돌아가는 눈치 보며 빈둥거린 서너 달이 두 번째로 막막한 기간이었어. 그런데 고맙게도 미 군정은 모든 사람의 친일 전력을 깨끗이 덮어 주었지. 배운 도둑질이니 당연히 군대에 들어갔고, 거기서는 관동군 출신이란 게 죄스러울 것도, 부끄러울 것도 없었지. 드글드글했으니까. 오히려 우리의 전투 경력은 우대받지 않았나. 결국 일본이 미국으로 바뀐 것뿐이었어. 하는 일이야 총질이니 마찬가지고, 이제 앞만 보고, 번쩍거리는 별을 단 장군을 향해 뛰는 것이다. 거기에 빨리 도달하려면 빨갱이를 남보다 많이 때려잡아야 한다. 백남식은 의자에서 벌떡 일어서며 주먹을 불끈 쥐었다.

사령관실 앞에서 쭈뼛거리던 염상구는 서장실로 걸음을 돌렸다. 사령관의 독한 인상이 신경에 걸렸던 것이다.

"밤새 안녕허신게라, 서장님. 엊저녁 술은 맛있었고라?"

염상구의 목소리가 서장실의 잠잠한 분위기를 흔들어 놓았다.

"어서 오시오."

권 서장은 염상구를 힐끗 보고는 하던 일을 계속했다.

"와따, 사령관이 바뀌어 그런가 영 바쁜개비요이."

염상구는 의자에 털퍽 앉으며 말했고, 권 서장은 아무 반응 없이 서류 정리만 했다. 저 자식이 사람 말을 뭐로 알고……. 권 서장의 태도는 역에도, 술자리에도 끼지 못해 심사가 뒤틀린 그의 감정을 더욱 자극했다. 그러나 염상구는 감정을 눌렀다. 서장을 이용해 원하는 목적만 달성하면 될 일이었다.

"읍내 뒤집어질 사건이 생겼든디요!"

염상구의 말에 권 서장이 곧바로 반응을 나타냈다.

"사건?"

"어째, 인제 사람이 눈에 뜨이요?"

염상구는 시비조였고, 권 서장은 의아한 얼굴이 되었다가 곧 알았다는 표정으로 바뀌었다.

"아, 미안하게 됐소. 급히 봐야 할 서류가 있어서 정신이 없었소. 근데 무슨 사건이요?"

"중대헌 사건인디, 똑같은 말 두 번 허기 입 아픈께로 사령관 앞에서 허게 서장님이 앞장서씨요."

염상구가 일어섰다.

"그럽시다, 인사도 할 겸 잘됐소."

권 서장이 서류를 챙겨 가지고 일어섰다. 하면, 요리 돼야 일이 순조롭제. 나 혼자 들어가, 내가 누구고 어쩌고 해 쌓다 보면 사람가치만 떨어지제. 서장 소개로 당당허게 인사허고 나서 사건을 보고허면 첫 대면에 사람값을 톡톡히 받을 수 있을 것잉게. 생각대로 일이 풀려 염상구는 기분이 알큰하게 좋았다.

"사령관님, 청년단 감찰부장 염상구입니다. 인사도 드리고, 사건 보고도 드릴 겸 찾아왔습니다."

권 서장이 인사를 시켰다.

"아, 그래요? 나 백남식이오."

백남식은 쏘는 듯한 눈길로 염상구를 보며 손을 내밀었다.

"감찰부장 염상굽니다."

염상구는 힘찬 소리를 지르며 번개 치듯 거수경례를 하고는 백남식의 손을 맞잡았다.

"염 부장은 무슨 운동 했소?"

백남식은 땅꾼이 땅꾼 알아보고, 백정이 백정 알아본다는 식으로 염상구의 손을 놓으며 물었다.

"그냥 이것저것 닥치는 대로……."

갑작스런 물음이라 염상구는 얼버무리지 않을 수 없었다.

"그래도 특히 잘하는 게 있을 거 아뇨."

염상구는 의자에 엉덩이를 붙이며 생각했다. 초면인 사람에게 칼 던지기라고 할 수는 없었다.

"예, 복싱이구만요."

대답을 안 할 수는 없고, 염상구는 나오는 대로 내뱉어 버렸다.

"아, 그 체형에 딱 어울리는 운동이오." 백남식은 호감이 담긴 웃음을 짓고는 "새로 발생한 사건이라니, 뭐요?"라며 금방 표정을 바꾸었다.

"예, 시방 심재모를 구하자는 탄원서에 도장을 받고 댕기는구만요."

염상구는 한달음에 말을 해치웠다.

권 서장의 가슴이 쿵 울렸다.

"뭐가 어쩌고 어째! 도대체 어떤 새끼야."

백남식이 사무실이 깨지도록 악을 썼다.

"저어 서민영이라고……."

"그놈을 당장 잡아들여!"

권 서장의 가슴은 와르르 무너지고 있었다.

"혼자가 아니라 여럿인디요."

"글쎄, 깡그리 잡아들이라니까."

"알겠습니다."

염상구가 상기된 얼굴로 벌떡 일어섰다.

"권 서장님, 경찰 병력도 출동시키시오."

"예……."

힘없이 대답하는 권 서장의 눈앞에 서민영과 손승호의 얼굴이
엇갈렸다. 이 일이 어찌 될 것인가…….

임만수는 며느리를 율어로 보낸 노인 가족 다섯을 잡아 왔다.
자식 넷이 딸이라 잡혀 온 사람은 모두 여자였다.

"사상 조사를 해야 하니까 모두 가두시오."

겁에 질린 그들을 멀리서 바라보며 백남식이 명령했다.

"미성년자는 제외하면 어떨까요?"

권 서장이 조심스럽게 말했다. 막내로 보이는 아이는 열서너 살에 불과했다.

"수사 효과는 미성년자한테서 더 잘 나타난다는 것 모르시오?"

백남식이 싸늘하게 내쳤다.

"맞습니다. 어른들이 감추는 말을 애들은 털어놓거든요."

옆에 선 임만수가 잽싸게 귀에 단 말을 발라맞췄다.

"두 분, 똑똑히 들어 두시오. 앞으로 우리가 할 일은 1단계로 입산자 가족에 대한 사상 재검토고, 2단계로는 읍민 전체에 대한 사상 검토요. 지금 읍내에는 분명 세포들이 있을 것이오. 그것을 뿌리 뽑지 못하면 입산 빨갱이를 소탕할 수 없소. 내일 1단계부터 실시하겠소."

말을 마친 백남식은 홱 돌아서더니 자기 방으로 들어갔다.

염상구와 형사부장에게 잡혀 온 사람은 서민영과 손승호, 이지숙, 또 한 남자까지 모두 넷이었다. 손승호는 수업을 마치고 일을 시작하다가 잡혔고, 이지숙은 서민영의 부탁을 받고 도장을 받으러 다니다가 붙들렸다. 낯선 남자는 서민영이 농장에서 불러낸 노 서방이었다.

"요것이 도장 받은 종인디요."

염상구가 종이말이를 백남식 앞에 내밀었다. 권 서장은 차마 서민영을 바라볼 수가 없어 허공에 망연한 눈길을 던지고 있었다.

"수고했소. 저것들 앉히고, 염 부장과 형사부장은 나가 쉬시오."

종이말이를 펼치며 백남식이 말했고 두 사람은 밖으로 나갔다.

"흥, 용공 분자를 구할 탄원서를 만들었다?" 백남식은 코웃음을 치고는 "그럼 이것들도 용공 분자 아닌가! 당장 처넣어."라고 소리를 빽 질렀다.

"말씀을 삼가시오. 심 사령관은 용공 분자가 아니라 모략을 당한 것이오."

서민영의 말이었다.

"뭐, 뭐라구. 어디서 함부로 지껄여!"

백남식은 감정이 폭발했다. 그는 서민영의 태도를 자신에 대한 도전으로 받아들였다.

"우리에 대한 말투도 고치시오. 당신이 그렇게 함부로 말할 이유가 없소."

"아니, 저 자식이 저게!"

백남식은 의자를 뒷발질하며 앞으로 튕겨 나왔다. 그를 권 서장이 붙들었다.

"왜 이러십니까, 사령관의 체면이 있지요."

권 서장은 그 상황에서도 서민영을 두둔하는 눈치를 보여서는 안 된다는 사실을 놓치지 않았다.

"권 서장, 죄짓고 잡혀 온 작자가 따따부따 아가릴 놀려 대는데 내가 열 안 받게 생겼소."

"그렇더라도 조금만 참으십시오. 위신도 있고, 이게 또 부임하시고 첫 사건입니다."

권 서장은 그를 유리그릇 다루듯 하고 있었다.

"좋소, 권 서장 말대로 내가 한 번 참겠소. 허나 내 성질에 두 번은 참지 않소."

"그리하십시오." 권 서장은 친근한 웃음을 지어 보이며 고개까지 끄덕이고는 "여러분은 지금 조사를 받고 있습니다. 앞으로는 묻는 말에만 답해야 합니다."라고 네 사람에게 말했다. 그는 일부러 서민영을 보았고, 서민영의 눈은 곤궁한 입장 다 안다는 뜻을 담고 있었다.

"탄원서를 만든 이유가 뭐요."

백남식이 물었다.

"심 사령관이 억울하게 모략을 당했기 때문이오."

서민영이 대답했다.

"그 근거를 대시오."

"이미 소문이 다 퍼져 있소."

"소문이라니?"

"그 모략에 누가 가담했는지 이름까지 다 알려져 있으니 당사자들을 불러다 조사해 보시오."

백남식은 고발장을 낸 얼굴들이 떠올랐다. 그들을 조사하다니, 어림없는 일이었다. 일단, 심재모의 행위는 자신도 용납할 수가 없었다.

"그건 조사하나 마나요. 심재모의 행위는 도저히 용납할 수 없는 일이오. 그자의 용공 행위 여부는 수사기관에서 밝혀낼 문제지, 당신네들이 간여할 문제가 아니오. 그리고 현재는 계엄 상황으로 이런 집단 행위는 범법 행위요. 계엄사령관의 직권으로 이 범법 행위를 즉각 중단할 것을 명령하오."

말을 끝냄과 동시에 백남식은 들고 있던 종이 다발을 북 찢었다.

"안 돼, 찢지 마!"

손승호가 소리치며 앞으로 뛰쳐나갔다. 그러나 다음 순간 손승호는 벌렁 뒤로 나자빠졌다. 백남식이 내뻗은 주먹에 정통으로 얼굴을 맞은 것이다.

"이 새끼가 어딜 덤벼들어. 어디 또 덤벼 봐. 대갈통을 박살 내고 말 테니까."

백남식은 느릿느릿 말하며 여러 장의 종이를 갈기갈기 찢었다.

코피를 흘리는 손승호를 서민영과 이지숙이 부축해 일으켰다. 이지숙이 저고리 소매 속에서 손수건을 꺼내 손승호의 코에 갖다 댔다. 서민영은 그것을 지켜보다가 백남식 쪽으로 고개를 돌렸다.

"그걸 찢어도 아무 소용 없소. 우리는 또 만들 것이오."

서민영의 목소리는 담담했다.

"명령이오. 명령을 어기겠다는 게요!"

"우리가 하는 일이 옳기 때문이오."

"옳긴 뭐가 옳아. 명령이야."

"명령도 통하지 않는 데가 있소."

"뭣이 어째! 네가 지금 명령을 거부하는 것부터가 죄야. 거기다가 계엄하의 집단 행위, 민심 선동, 유언비어 날조, 이상 죄목으로 너희들을 체포한다! 권 서장, 이것들을 끌고 나가 가두시오."

"아니, 사령관님……."

"내 말 들리지 않소!"

백남식은 권 서장에게 각진 눈을 부릅떴다.

서민영 일행은 이미 의자에서 일어나고 있었다. 권 서장은 그 뒤를 따라 사령관실을 나왔다.

"권 서장, 농장 사람들에게 연락 좀 해 주시오. 저자의 버릇을 고쳐야 하지 않겠소?"

서민영이 나직하게 말했다.

"예……. 알겠습니다."

권 서장은 대답을 하면서도 마음은 착잡하게 가라앉았다.

서민영의 공동 농장 사람들 40여 가구 160명 남짓이 경찰서 앞에 진을 친 것은 해가 징광산 마루에 한 뼘쯤 남은 무렵이었다. 줄을 선 그들은 힘차게 구호를 외쳤다.

"서민영 선생을 석방하라!"

그들을 이끄는 사람은 스물네댓쯤 돼 보이는 젊은 남자였다.

"저건 또 뭐야. 남김없이 다 잡아들여."

열이 받친 백남식은 이렇게 소리 질렀다. 그러나 권 서장의 반대에 부딪쳤다.

"안 됩니다. 저 사람들을 잡아들이면 읍민들이 다 들고일어납니다."

"그게 무슨 병신 같은 소리요. 강력하게 몰아쳐야지."

"그 사람한테 그렇게 해서는 더 복잡해집니다. 권 서장 말대로 하는 게 좋을 겁니다."

임만수의 말이었다.

"아니, 그 다리병신이 뭐 그리 대단하다는 게요."

백남식이 임만수를 노려보았다.

"그 병신 다리가 일정 때 고문당한 거랍니다. 잘못 건드려선 안 됩니다."

"재수 없는 새끼로군, 일정 때부터 나대다니……."

백남식은 상대방을 더 강하게 몰아치고 싶은 적의를 느꼈다.

그러는 사이에 경찰서 앞길은 몰려든 사람들로 완전히 막혔다.

"서민영 선생을 석방하라!"

이미 농장 사람들과 구경꾼은 구분이 안 되도록 뒤섞였고, 구호를 따라 외치는 구경꾼도 있었다. "도장 받은 거이 죄란당마." "허면 도장 누른 나도 죄인이시." 이런 말이 오가는가 하면 "제길, 애 갖게 혀 준 일이 어찌 죄여." "누가 아니라등가. 근디 그 일을 용공으로 몬 새끼들이 있담시로?" "고런 싹수머리 없는 인종들은 가랑이를 찢어 뿌러야 허네." 이런 말을 주고받는 사람들도 있었고 "새로 온 물건이 누군디 서 선생을 가두고 난리까? 그 사람 뱃보가 영 센갑네이." "뱃보가 세서 그런당가, 여기 물정 모르고 설레발치는 것이제." 이런 말들이 입에서 입으로 건너다니며 구경꾼들을 차츰 서민영의 동조자로 만들어 가고 있었다.

이 사태를 전해 들은 유주상은 좌익척결위원회 간부 회의를 긴급 소집했다.

"서민영이 허는 짓거리를 막은 것이야 잘허는 일인디, 가두기까지 헌 것은 낭패로시."

최익달이 방정맞을 정도로 빠르게 혀를 찼다.

"사령관이 야물딱지게 허는 것이야 좋은디, 물정 모르고 몰아치면 문제요."

윤삼걸이도 고개를 내저었다.

"서민영이를 건드리는 것은 긁어 부스럼이요. 고 물건이야 우리

98

지주들을 도적놈으로 아는 놈잉께로."

최익달의 얼굴은 쓰디쓰게 일그러졌다.

"그놈이 예수쟁이라 그렇지 속은 수박 속맹키로 뻘건 것이 염상진 놈허고 다른 데가 없당께요."

윤삼걸도 마땅찮은 얼굴이었다.

"일이 더 커지기 전에 빨리 대책을 세워야 헐 것 아닙니까. 좋은 방법이 없을까요?"

불안한 기색으로 유주상이 말했다.

"방법이고 뭐고 있겠소. 싸게 서민영이를 내보내는 방도밖에야."

최익달이 버럭 소리를 질렀다.

"그럼 전화로라도 그 뜻을 전하시지요."

유주상이 최익달의 눈치를 살폈다.

"에이 빌어먹을, 어떤 주딩이가 방정을 떨어 갖고……."

최익달은 혀를 차며 전화기로 다가앉았다.

백남식은 처음에는 자신의 체면을 내세워 최익달의 말을 들으려 하지 않았다.

"그리 뻣뻣하게 나가다가는 백 사령관이 해를 입는단 말이요. 우리가 얼마나 잘 알면 이러겠소."

최익달이 이렇게 말을 해서야 백남식은 기가 수그러들었다.

그러나 문제는 그것으로 끝나지 않았다. 오히려 서민영은 유치

장에서 나가기를 거부했다. 찢어 버린 종이를 원상 복구해 놓지 않으면 나갈 수 없다는 것이었다. 백남식은 그 똥배짱에 그만 기가 찼다. 성질대로 하자면 총을 한 방 팡 쏴 죽여 버리고 싶었다. 그러나 서민영이란 자는 이미 개인이 아니었다. 백남식은 최익달에게 전화를 걸 수밖에 없었다.

"고런 죽일 놈, 물에 빠진 놈 건져 주니께 보따리 내놓으라는 심보시. 찢어 버린 종이때기를 워쩌크름 원상 복구허란 것이여. 택도 없이 억지 쓰는 그 자식을 죽이든 말든 백 사령관 맘대로 혀 뿌시요."

최익달이 이렇듯 감정을 쏟아 놓자 유주상은 더 듣고 있을 수가 없어 수화기를 낚아채듯 했다.

"여보세요, 유주상입니다. 서민영이 억지소리를 하는 게 아닙니다. 찢어 버린 종이를 원상 복구할 수 없다는 걸 그 사람이 모를 리 있겠습니까? 나가서 다시 도장을 받을 때 방해받지 않으려는 속셈인 겁니다. 그러니까 그자가 노리는 대로, 원상 복구는 불가능하니 나가서 다시 만들어라, 하고 유도하세요."

"그럼, 도장을 받게 놔두란 거요? 날 도대체 뭐로 보고 하는 소리요!"

수화기 속에서 백남식이 소리쳤다.

"아하! 이건 작전이오. 그걸 막을 방법은 얼마든지 있으니까 우

100

선 이 일부터 처리하십쇼. 그 방법에 대해선 술 한잔하면서 차분히 말씀드리지요."

유주상의 말은 적중했다. 찢은 건 미안하게 됐으니 나가서 다시 만들라는 백남식의 말을 듣고서야 서민영은 가부좌를 풀었다.

허출세는 이틀 동안 작인들 집을 쏘다녔다. 다루기 만만한 집들을 고른다고 골랐지만 막상 말을 꺼내고 보면 하나같이 만만치 않았다. 그게 다 죽느냐 사느냐 하는 생계 문제이니만큼 그럴 만도 했다.

김복동과 마삼수가 분탕질 치듯 하고 가 버린 다음 허출세의 귀에는 마삼수 놈의 그 독기 서린 목소리가 쟁쟁하게 울렸다. 허우대는 커도 양순한 편인 마삼수가 그렇게 변한 것은 믿을 수가 없었다. 그놈이 강동기의 그 풀 먹인 성질머리를 대신허자는 것인가, 하는 생각이 들었다. 쥐도 다급해지면 고양이를 문다는 말이 생각났다. 그러고 보면 마삼수만 변한 게 아니었다. 마삼수 옆에서 말 한마디 하지 않고 앉아 있던 김복동이도 생판 달라진 꼴이었다. 전에 그런 일이 벌어졌다면 김복동이는 우선 말렸을 것이다. 그려, 고것들이 괭이 물고 덤비는 쥐새긴 기여. 앞날이 캄캄헌께 죽기 살기로 덤비는 것인디⋯⋯. 내가 물려서 생때같은 돈을 떼먹혀? 안 될 말이었다. 돈을 떼먹히지 않을 방도를 찾아야만 했다. 돈을 떼먹으면 감방에 처넣겠다고 큰소리치기는 했지만 그것 이야말로 큰소리에 지나지 않았다. 감방살이를 시키고 돈을 떼이는 것보다야 감방살이를 시키지 않고 돈을 받아 내는 것이 상책이었다. 그러자면 마삼수 요구대로 소작을 주어야 했다. 그러나 소작은 이미 다 주어 농사 준비가 한창이었다. 해결책을 찾아내지 못한 허출세는 종일 속을 끓었다. 그러다가 저녁 밥상머리에서 아내에게 그 이야기를 했다.

"음마, 고까짓 일로 온종일 속 썩였소?"

아내는 헛김 새는 웃음을 코끝에 달았다.

"무슨 소리여, 시방?"

"아, 간단허제라. 한 집에 한 마지기씩 넉 집만 떼서, 두 집에 두 마지기씩 주면 될 일 아니겠소." 아내는 힘 들이지 않고 말했고 그는 "이, 고런 임시변통이 있었구만그랴." 하며 무릎을 쳤다.

그런데 그 방법을 쓰기는 생각보다 어려웠다. 어느 집에서나 실랑이를 벌이듯 많은 말이 오가야 했다.

"우리 새끼가 넷인디, 한 마지기를 보태도 서러운 판에 한 마지기를 떼 내면 워쩌크름 살겠소. 우리보고 농사짓고도 굶어 죽으라는 소리요. 우리보다 식구 적은 집보고 내놓으라고 혀 주씨요."

"어허, 이 사람 심보 한번 고약허시. 그럼 자네 살자고 복동이고 삼수네는 다 굶어 죽어도 좋다 그런 말이여?"

102

"아이고메, 먹고살기에 모자란 논에서 한 마지기를 떼 내면, 어쩌냐 그것이오. 사람이 복통해 죽을 일 아니오."

"어허, 만일 유 조합장 어른이 당장 자네 소작을 걷어 복동이나 삼수 앞으로 넘겨줘라 허면, 자네 어쩔랑가? 꼼지락 달싹 못허고 소작을 뺏겨야겄제? 근디 우리 유 조합장 어른이 원체 마음이 넓은 양반이라 골고루 좋게 허자고 요런 방도를 취허신 것이여. 윗사람이 고런 좋은 뜻을 냈으면 아랫사람은 받들어야 도리제. 그리고 조합장 어른 뜻이 아니더라도 한동네 사는 인정으로 자네가 먼저 내놓을 만도 헌 일인디, 자네 맘 쓰는 것이 고것이 뭐여. 자네 고런 심보를 내가 조합장 어른헌테 말허면, 그 어른이 자네 어지간히 이쁘다고 허겄네."

"아이고, 아재, 다 아재 말대로 허겄소. 아재 맘대로 뜻대로 다 허씨요."

"이 사람아, 요것은 내 뜻이 아니고, 쥔어른 뜻이여. 똑똑히 알아 둬!"

"아이고메, 이러나저러나 논 뺏기기는 매일반인디, 고런 것 알아 어디 쓰게라."

허출세는 네 집을 돌며 이런 식의 말을 지어 붙이고 뜯어 붙이면서 진을 빼야 했다.

그러나 허출세의 일은 그것으로 끝이 아니었다.

"아니, 서운상이 놈같이 아재 눈에도 우리가 벌거지로 뵈요?"

허출세의 말이 끝나기 무섭게 마삼수가 내지른 말이었다.

"자네, 고것이 뭔 소리여?"

허출세는 잠시 어리둥절했다.

"우리가 벌거지로 뷘께 고까짓 두 마지기를 지으라고 허제, 사람으로 봤으면 그럴 수 있겄소?"

허출세는 그때서야 말뜻을 알아차리고는 속이 뒤집어졌다.

"뭣이 어쩌고 어째? 다 죽게 된 놈들 살길 맹글어 준께 고맙다는 절은 안 허고 됩데 치고 덤벼? 요것들이 보자 보자 헌께 싹수머리가 하나또 없네."

허출세는 눈이라도 찌를 것처럼 삿대질을 해 대며 펄펄 뛰었다. 그러면서도 싫으면 그만두라는 말은 용케도 참아 내고 있었다.

"아재도 그리 지주 티 내지 마씨요. 아재나 우리나 따지고 보면 같은 처진께요. 서운상이가 어째 그 꼬라지 된 줄 아시요? 사람을 사람대접 안 혀서 그리 되았소. 딴 지주고 마름이고 그 꼬라지 안 되란 법 있는 줄 아시오? 동기가 따로 있는 거이 아니다 그 말이요."

마삼수는 아주 태연하게 말했다.

"니가 시방 나헌테 협박질허는 것이여? 동기가 서운상이 찍듯 니가 나를 찍겄다 고것이여!"

허출세는 등줄기에 찬바람이 도는 그 섬뜩한 기분을 이겨 내기라도 하려는 듯 소리소리 질렀다.

"기왕지사 찍자면 큰 고기를 찍제 작은 고기 찍겠소? 나도 사내새낀디."

마삼수는 입에 비웃음을 물었다.

"워따, 느그가 제명대로 못 살고 죽을라고 환장들 허는갑다."

"바로 뚫린 입 달고 말 바로 허씨요. 환장헌 것은 우리가 아니라 이놈의 세상이요. 갈수록 세상이 살기 어려워지는 것이 다 악독헌 지주 놈들 때문 아니요. 요런 세상 바로잡자면 지주 놈들을 싹 다 서운상이 꼴로 맹그는 방도밖에 없소. 우리가 환장헌 것이 뭐 있소."

"오냐, 말 한번 똑떨어지게 잘헌다. 고 말 나헌테 허지 말고 염상진이 앞에 가서나 혀라. 이쁘다고 '동무' 삼자고 헐 거이다. 아무튼 논 두 마지기씩 받을 참이여, 안 받을 참이여. 나도 고생헐 만치 혀서 장만헌 것잉께, 딱 뿌러지게 말혀."

"근디 어째 동기 몫은 없소?"

마삼수의 느닷없는 말이었다. 김복동은, 쟈가 미쳤다냐, 하고 생각했다.

"자네 참말로 정신 나간 것 아니여? 죄짓고 쫓기는 놈 몫까지 챙기게. 그리고 농사지을 사람도 없는디, 어쩔라고 소작을 줘."

"우리가 한 마지기씩 농사를 지어 줄 참잉께 동기 몫도 두 마지기를 맹글어 내씨요."

"못혀, 고것은 못혀!"

허출세는 자리를 차고 일어섰다.

"그럼 우리도 안 받겄소."

"맘대로 혀! 나야 느그 두 놈을 당장 감옥에 처박을 것잉께."

"고것이 뜻대로 안 될 것인디라. 재판이야 받겄지만 사사로이 빌려 쓴 돈으로 징역살이허는 법은 없은께로. 아주 자알 되았네. 농사도 없는 판에 재판이나 허면서 소일허고, 빚돈은 홍시 감 따 먹듯 똑 떼먹고 말이여. 그 맛 참말로 꼬시고 오지겄다."

마삼수가 느물거렸다.

"저, 저, 쳐 죽일 놈이, 저놈이……."

허출세는 푸들푸들 떨었다.

"아재, 삼수 말도 영 틀린 것이 아니요. 동기가 죄진 몸이라 혀도 남은 세 목숨은 어쩔 것이요. 셋이 한자리서 일 저질러 놓고 우리 둘만 풀려난 것도 미안스런디, 동기네 식구를 몰라라 허고 우리 둘만 농사를 지으면 고것이 어디 사람이겄소. 그리고 아재는 동기 빚돈도 받어야 허지 않소? 애쓴 김에 아재가 쪼깐만 더 애쓰면 그보다 좋은 일이 어딨겄소."

처음으로 입을 연 김복동의 말이었다.

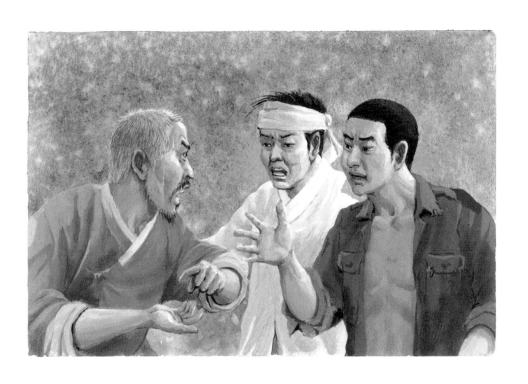

"그려, 같은 말도 그리 예절을 갖춰 혀야제, 삼수 저놈 허는 짓 거리는 뭐여, 보배운 것 없이."

허출세는 한 발짝 뒤로 물러서며, 그래도 체면은 유지하려 했다.

"저것이 다 젊어서 그러제라. 아재, 우리도 하루 이틀 얼굴 대허고 산 사이가 아닌디, 서로 가슴에 못 박아서야 쓰겄는가요. 이리 앉아서 우리 뜻 좀 받아 주씨요."

김복동이 허출세의 소매를 끌어당겼고, 허출세는 못 이기는 척

주저앉았다.

"근디 농사야 자네들이 지어 준다 혀도, 도망가고 없는 죄인헌 테까지 소작을 줬다고 소문나면 다른 작인들이 가만있지 않을 것이고, 고것을 유 조합장이 알면 나는 어찌 되겄냐 그 말이시."

"아재, 그것이야 우리만 아는 비밀이제라. 겉으로야 우리가 짓는 소작이고라."

"단단허게 약조허소."

"약조허제라. 나는 마누라헌테도 말 안 헐 작정이요."

마삼수가 불쑥 말했다.

"되았네, 고런 맘이면. 내가 또 한바탕 일을 추슬러 보제."

허출세가 기세 좋게 말했고, 김복동과 마삼수는 "아재, 고맙구만이라." 하고 인사했다.

"자네 참말로 장허시. 어찌 그리 속 깊은 생각을 혔든가. 나잇살 더 먹은 내 체면이 말이 아니시."

허출세와 헤어져 돌아오며 김복동이 말했다.

"성님이 없었으면 요 일이 어찌 성사되었겄소. 나야 말만 뱉었제 성사야 다 성님이 시킨 것이제라."

마삼수가 정 깊은 웃음을 씨익 웃었다.

18

반민족행위특별조사위원회 습격

무엇보다 급한 일은 심 중위가 어디 있는지 알아내는 일이네. 용공 죄를 다루는 수사기관이 따로 있으니 그곳을 알아내는 일도, 어려운 일이 아닐까 싶네. 그런고로 그 일에 도움을 줄《서울신문》기자 민기홍을 소개하겠네. 민 군은 나의 제자로, 자네보다 서너 살 많네. 연락하면 도움을 줄 것이네. 내가 민 군에게는 따로 편지 쓰도록 하겠네.

김범우는 서민영 선생의 편지에서 이 대목을 다시 읽었다. 민기홍이라는 편지 속의 이름을 보자 엉뚱하게도《국도신문》의 이학송이 떠올랐다. 정치부 기자인 이학송에게 연락하면 이 일이 금방 해결될 것 같았다. 이학송과는 이미 술도 서너 차례 나눈 사이였다. 아는 사람을 두고 굳이 모르는 사람을 찾아간다는 게 어딘지 부담스러웠다. 그러나 어려운 일일수록 도움을 청할 사람이 많은 게 좋다고 생각한 김범우는 두 사람 다에게 부탁하기로 마음먹었다. 김범우는 하숙집을 나섰다. 전화는 전차 종점에 나가야 빌려 쓸 수 있었다.

김범우는 상점에서 발신 손잡이를 돌리면서, 이학송이 자리에 있을까, 하고 걱정했다. 정치부 기자인 그는 늘 바빠서 통화하기가 쉽지 않았다.

"이 기자요? 지금 없는데, 아닙니다, 저기 옵니다, 기다리세요."

급한 말 바꿈을 들으며 김범우의 마음도 명암이 바뀌고 있었다.

"여보세요, 이 기잡니다."

울림이 좋은 굵은 목소리가 들렸다.

"안녕하십니까, 이 선배님. 저 김범웁니다. 한 가지 특청이 있는데, 뵐 시간이 있을지요."

김범우는 용건부터 털어놓았다.

"김 형이 나한테 특청이라, 이거 영광인데. 이따 점심시간에 만나도록 합시다."

"좋습니다. 12시까지 길 건너 다방으로 나가겠습니다."

김범우는 개운한 기분으로 전화를 끊었다. 일부러 '특청'이라고 강조했는데도 이학송은 싫어하거나 귀찮아하지 않았다. 그의 둥글넓적하고 흰 얼굴에는 늘 웃음이 감돌았다. 여성적으로 느껴지는 그런 안온한 얼굴을 가진 사람이 사회주의적 열정을 품고 있다는 사실이 믿어지지 않을 정도였다. "이승만 정권이야말로 반민주적이고 반민중적인 양키들의 모조 정권이오. 이건 김일성이나 공산당 입장에서가 아니라 역사의 입장에서 그렇소. 이승만 정권이 그나마 모조성을 면하느냐, 못 면하느냐는 특위 활동의 성패에 달려 있소. 허나 돌아가는 걸 봐서는, 가망이 점점 희박해지고 있소." 술을 마시면서 이런 말을 하는 그의 큰 눈에는 열기가 가득했다.

이학송은 김범우보다 네 살 위였다. 그래서 한차례 술을 마시면서 '이 선배'와 '김 형'으로 호칭을 합의했다.

"자, 무슨 특청인지 얘길 들읍시다."

5분쯤 늦게 나타난 이학송이 사람 좋아 보이게 웃었다.

"……그러니까 그 사람이 어디에 갇혀 있는지를 알아 달라는 거지요."

얘기를 끝낸 김범우가 이학송을 건너다보았다.

"결국 이 일을 꾸민 주범은 김 형이로구만?"

"그런 셈이죠. 그 일이 어디 이런 식으로 확대될 줄 알았겠습니까?"

"충분히 가능한 일이오. 심 중위란 사람은 구해 낼 만한 가치가 있는 군인 같은데, 몸뚱이에 얼병깨나 들게 생겼군요. 우선 어디 갇혔는지 알아봅시다. 필동 헌병대 아니면 조선호텔 앞 대륙공사일 테니까."

"대륙공사요?"

"아, 특무대를 위장하느라고 붙인 간판 이름이오."

"혹시, 《서울신문》의 민기홍 기자라고 아십니까?"

"예, 사회부에 있지요. 아는 사이요?"

"아닙니다. 어느 분이 이 일을 부탁하라고 소개를 했는데, 찾아가야 할지 어쩔지 몰라서요."

"민 형이 나와 생각이 같지는 않지만, 믿을 만한 사람이니 만나도록 하시오. 용공으로 얽혔으면 힘 합칠 사람이 많을수록 좋소. 보아하니 혼자 찾아가기 옹색한 모양인데, 나하고 함께 만나면 어떻겠소?"

"그래 주시면 더 고마울 게 없지요. 초면에 부탁을 해야 하는 처지라……."

말을 얼버무리는 김범우의 얼굴에 반가운 빛이 드러났다.

"이거 참, 미운 놈은 빨갱이로 몰면 깨끗이 제거되니, 볼 장 다 본 세상이오. 갑시다, 민 기자 만나러."

이학송이 자리를 차고 일어났다.

민기홍은 작은 체구에 안경을 끼었는데, 한눈에 보아도 잘생긴 미남이었다.

"그러잖아도 서 선생님 편지를 받고 연락을 기다리던 참입니다."

민기홍이 친근한 느낌이 들도록 말했다.

"그런데 민 형, 심 중위가 갇힌 델 알아내는 거야 별로 어려운 일이 아닌데, 문제는 빼내는 것 아니겠어? 자네 혹시 그만한 빽 있나."

자신이 바라는 바를 미리 헤아려 말하는 이학송의 마음 씀이 김범우는 더없이 고마웠다.

"나도 벌써 생각해 봤는데, 군부 쪽 문제가 돼 놔서 쉽지가 않네."

"그래, 자네도 나나 비슷하겠지. 우선 나는 나대로, 자넨 자네대로 어디 있는지부터 뒤져 보세."

"그러세. 이 형하고 별일을 다 함께하게 됐군."

민기홍이 빙긋 웃었다.

"이게 다 세상살이 아닌가. 요새도 술은 멀리하나?"

"뭐 그저 그렇지."

"어떤 멍청한 작자가 조선 크리스천한테만 술을 못 마시게 전도를 했는지 원. 그 말을 그대로 순종하는 신자들은 더 멍청하지만 말야. 기자라는 직업도 자넬 술 마시게 만들진 못하는 모양이군."

"너무 서운해하지 말게. 한두 잔씩은 마시니까."

"그래? 그게 언제부턴가?"

이학송이 큰 눈을 더 크게 떴다.

"꽤 오래됐네."

"이런, 그러고 보니 우리가 못 만난 지도 벌써 언젠가."

"이 사람아, 솔직하게. 내가 예수꾼이라고 일부러 안 만나려고 한 거 아닌가."

"어쨌거나 자네가 술을 한 잔이라도 할 수 있다니, 이 일부터 해결해 놓고 한잔하세."

"제가 모시겠습니다."

김범우가 말했다.

"김 형은 술을 잘하시오?"

민기홍이 물었다.

"말 말게, 내가 꼼짝을 못하는 판이야."

이학송이 몸을 돌리며 손을 저었다.

"아이쿠, 그럼 대단하신 모양인데……."

민기홍이 놀라워하며 안경을 밀어 올렸다. 김범우는 민망한 웃음을 흘렸다.

한편, 심재모는 헌병대의 조사를 받으면서 '범죄 사실'을 모두 시인했다. 순천에서 기차로 갈아탄 심재모는 서울이 가까워져서야, 혹시 여자를 율어로 들여보낸 일 때문에 자신이 용공 혐의를 받게 된 것이 아닐까 하는 생각을 했다. 그런데 헌병대 조사가 시작되자 그 추측이 현실로 나타났다. 그것은 모함이지만 혼자 힘으로는 벗어날 길이 없었다. 해명은 변명이 될 테고, 용공 부인은 용공을 시인하라는 폭력을 부를 터였다. 모함에서 벗어날 가장 효과적인 방법은 현지의 응원이었다. 탄원서든, 진정서든 현지에서 어떤 힘을 써야만 자신의 결백이 입증될 수 있었다. 심재모는 권 서장과 서민영 선생을 믿었다. 거기에는 처음 일을 시작한 손승호도 있었다. 그 사람들이 힘을 모은다면, 유지들의 모함을 물리칠 수 있을 것이었다. 그 시간을 요령 있게 벌어야 했다. 그 요령이 모든 '범죄 사실'의 시인이었다. 어설프게 해명하다가 폭행을 당해 몸을 망가뜨릴 이유가 없었다. 경찰의 고문도 일제시대 그대로 무지막지하게 자행되는 실정이었지만 헌병대의 고문도 그 못지않다는 소문은 세상이 다 아는 사실이었다. 더구나 좌익이나 용공 혐의자에게 가하는 고문이 극악한 것은 더 말할 필요가 없었다. 심재모가 어떡하든 풀려나는 데만 정신을 집중한 이유는 또 하나 있었다. 그는 이미 군인 생활에 근본적인 회의를 느끼고 있었다. 군부 안에서 관동군 출신들이 판을 치고 오히려 광복군 출신들이 수세에 몰리는 것까지는 그나마 수가 적어 그렇거니 했는데, 계엄사령관으로 근무하게 되면서, 무엇을 위한 군인이며, 누구를 위한 군인인지 하는 회의가 깊어진 것이다.

"이 새끼 이거, 딱 총살감이구면."

조사관이 이렇게 말할 정도로 심재모는 '빨갱이'가 되어 있었다.

그들의 모함을 뒤엎을 강력한 탄원서를 만들기 위해 많은 도장을 받으려던 서민영의 의도는 무참히 좌절되고 말았다. 경찰서에서 풀려난 서민영은 다음 날부터 도장을 받으러 다녔는데, 사람들의 태도는 이미 달라져 있었다. 서민영이 나서기 전에 경찰과 청년단원들이 동네마다 들쑤시고 다니며 도장을 찍는 자는 빨갱이이기 때문에 무조건 잡아들인다고 엄포를 놓은 것이다. 서민영은 두려워하고, 난처해하는 사람들에게 도장을 찍어 달라고 할 수가 없었다. 그런 악랄한 수법을 쓸 줄은 미처 예상치 못한 일이었다.

서민영이 도장 받기를 중지하고 집으로 돌아오자 이지숙과 손승호가 먼저 와 있었다.

"도장을 많이 받으려던 계획은 이루기 어렵겠네. 그렇다고 포기할 수도 없으니 받을 만한 사람한테서만 받아 일단 탄원서를 내고, 그다음에 더 생각해 보도록 하세."

서민영이 자리에 앉기 바쁘게 한 말이었다.

"사람 수가 적어 효과가 안 나면 선생님께서 하신 수고는 허사가 되겠군요."

손승호의 맥 빠진 소리였다.

"꼭 그렇진 않네. 사람 수가 많다고 해서 효과가 보장되어 있던 일은 아니니까. 용공 사건인 데다가, 군부를 상대로 한 민간인들의 탄원서고, 거기다가 시골구석 사람들의 소리 아닌가."

손승호는 할 말이 없었다. 이미 그런 장애 요인들을 다 파악하고 있으면서도 탄원서 만들기에 발 벗고 나선 선생님의 마음이 야릇한 슬픔과 진한 고마움으로 가슴을 적셔 왔다.

바로 그날, 전투복이 아닌 정장 차림의 남인태가 느닷없이 경찰서에 나타났다.

"그간 잘들 있었나!"

어리둥절해하는 옛 부하들에게 그가 거침없이 던진 말이었다. 그가 보성 경찰서장으로 부임해 가는 길이라는 사실을 알고 나서야 옛 부하들은 고개를 주억거렸다.

보성 경찰서장은 잔칫술을 마시다가 기습당한 사건으로 문책당했고, 그 결과 남인태와 자리가 맞바뀐 것이었다. 마침내 소원을 이룬 남인태는 보성으로 가는 길에 벌교를 그냥 지나칠 수 없었다. 실속이야 벌교만 못하지만 행정단위로는 엄연히 위인 보성군 경찰서장으로 되돌아온 자신의 당당한 모습을, 자신을 몰아낸 김사용을 비롯해, 자신이 떠날 때 그리도 냉정했던 기관장들이며 유지들에게 보여 주고 싶었던 것이다.

"내가 남인태요. 보성경찰서로 부임하게 됐소. 오늘은 업무 지시 차 온 게 아니니 안심하시오."

남인태가 권 서장에게 던진 말이었다.

그런데 읍내는 살벌한 기운 속에 뒤집어져 있었다. 신임 사령관 백남식의 명령으로 좌익 세포 색출과 전체 읍민의 사상 재검토가 실시되고 있었던 것이다. 반장과 이장들은 세포 색출의 책임량을 할당받았고, 입산자 가족들은 백남식에게 직접 취조를 받아야 했다. 장흥으로 떠난 외서댁까지 불려 왔고, 소화도 마찬가지였다. 백남식은 취조를 하다가 걸핏하면 지휘봉 끝으로 여자들의 가슴을 마구 찔러 대거나, 목줄기를 사정없이 후려치고는 했다. 그러다가 염상진의 아내 죽산댁을 다루면서 소동이 벌어졌다. 죽산댁은 그녀의 기질대로 억세게 나갔고, 백남식의 지휘봉은 점점 자주, 그리고 세차게 그녀를 갈겨 댔다. "오냐 이놈아, 나를 죽여라. 부부지간이면 사상까지 통허는지 아냐, 요런 돌대그빡, 문딩이 자식아!" 그녀는 눈을 부릅뜬 채 순식간에 백남식에게 덤벼들었다. 아무리 몸이 날랜 백남식이지만 전혀 예상치 못한 일이라 그대로 오른팔을 덥석 물리고 말았다. 엉겁결에 몸을 일으킨 백남식은 왼팔로 죽산댁을 갈겨 댔다. 그러나 어느새 두 팔로 그의 허리까지 감아 잡은 죽산댁은 부들부들 떨며 이빨에 힘을 넣고 있었다. 백남식은 발로 걷어차려 했지만 허리가 잡혀 있어서 발을 쓰기가 거북했고, 이빨이 살을 파고드는 아픔 때문에 정신을 차리기 어려웠다. 그는 더욱 난폭하게 갈겨 댔지만 여자는 떨어져 나가기는커녕 오히려 더 악착스럽게 달라붙었다. 이러다가는 살점이 떨어져 나갈 것 같은 생각이 들었고, 고통을 더 견뎌 낼 수도 없었다. "뭣들 하고 있어! 이년을 떼내, 빨랑!" 마침내 백남식이 소리를 질렀다. 그가 주먹질을 멈추고, 서너 명이 달려들어서야 죽산댁은 물고 늘어졌던 팔을 놓았다. 옷 위로 물었는데도 백남식의 팔에는 이빨이 박혔다가 빠진 자국이 뚜렷하게 찍혀 있었다. "내 참 드러워서. 허 참 드러워서." 백남식은 연방 이런 소리를 내뱉었고, 아랫사람들은 그의 눈을 피해 키득거렸다. "허, 우리 사령관님이 짠하게 되았네그려. 우리 형수씨가 진돗개 중에서도 사납디 사나운 진돗개라는 것을 살짝 알려 줬어야 허는디, 아무것도 모르고 덤비다가 당해 부렀구마잉." 염상구가 능청맞게 지껄였다. "내가 재수가 좋았지. 그 망신당하고 그걸 죽일 거야, 살릴 거야." 토벌대장 임만수가 맞장구를 쳤다. 백남식은 체면을 구기기도 했지만, 또 하나 불찰을 저질렀다. 이빨에 물린 자리를 치료하지 않고 그냥 넘긴 것이었다. 하루가 지나자 퉁퉁 부어올랐고, 곧 나아지는 듯하더니 며칠이 지나자 견딜 수 없도록 욱신대기 시작했다. 그때서야 병원을 찾아갔다. "째야겠습니다." 전 원장이 무표정하게 말했다. "째요?" 백남식이 놀라서 물었다. "수술을

해야 한단 말입니다. 속으로 곪았어요. 곪은 부위는 마취가 안
듣습니다. 좀 아프더라도 참으세요." "아니, 그냥 살을 쨌단 말입
니까?" "그럼 수술을 안 받으시겠어요? 이대로 두면 팔을 절단
하게 됩니다." "아, 알겠어요." "자, 이빨을 악무세요." "우악! 아우
아, 아—아……." 백남식이 발악적으로 지르는 비명이 병원을 흔
들었다.

면회는 물론 되지 않았다. 김범우는 이학송과 민기홍을 통해
사태 변화를 들을 수 있을 뿐이었다. 처음에는 심각한 상태였다
가 탄원서가 접수되면서 다소 나아지기는 했지만 벌을 면하기는
어려운 상황이라고 했다. '심각한 상태'란 총살형을 의미했으므로
사태가 나아졌다 해도 중형을 받게 될 것이었다.

"강력한 빽이 있어야지 탄원서로는 어림없소. 직격탄이야 물론
군부 빽이고, 그다음으로는 장관이나 국회의원 빽일 거요. 심 중
위 집에서도 손을 쓰고 있는 눈치던데, 합동작전을 써도 괜찮지
않겠소?"

이학송의 말이었다. 김범우는 전부터 혐오하던 '사바사바'니
'빽'이니 하는 말을 이제야 실감하며, 그럴 만한 사람을 찾고 있는
자신을 발견해야 했다. 사바사바는 미 군정의 음성적 정치로부터
유행하기 시작한 말이고, 빽은 이승만 정권이 서면서 연줄과 돈

120

이면 안 되는 것이 없는 풍조 속에서 생겨난 유행어였다.

김범우는 수원 심재모의 집을 찾아갔다. 심재모의 아버지는 벌써 국회의원과 도지사를 동원하고 있었다.

"그러잖아도 그쪽 사람들과 선을 댈 수 없어서 애를 태우던 참이었소. 이쪽 국회의원으로는 안 된다는 게요. 그쪽에서 일어난 일이니 그쪽 국회의원이 신원보증을 서야 한다지 않소. 비용은 얼마든지 댈 테니 그쪽 국회의원을 움직여 주시오."

심재모의 아버지 말은 절박했다.

"예, 꼭 그렇게 하겠습니다."

서울로 돌아오며 김범우의 가슴은 우울한 안개로 덮였다. 최익승 같은 인물을 필요로 해야 하는 처지와, 그런 부류들이 영향력을 행사하는 현실이 안개처럼 가슴속을 어지럽게 떠돌았다.

김범우는 권 서장에게 전화를 걸어 어떤 방법으로 최익승이 신원보증을 서게 할지 서민영 선생에게 알아봐 달라고 했다. 최익승이 신원보증을 선다면, 그는 그에 걸맞은 무언가를 요구할 게 틀림없었다. 돈, 아니면…… 표, 둘 중 하나일 것이라고 김범우는 생각했다.

김범우의 예측은 적중했다. 전화로 서민영의 부탁을 받은 최익승은 대뜸 다음 선거 때 자신을 적극 지지하면 부탁을 들어주겠다고 했고, 서민영은 이미 예상하고 있던 바여서 그러겠다고 했다. 최익승은 서약서를 요구했고, 서약서를 써서 보내겠다는 서민영의 말에 최익승은 자기와 마주 앉아 써야 한다고 했다.

"최익승이 덕에 서울 구경을 하게 생겼네. 자세한 얘기는 만나서 하세나."

멀게 들리는 서민영 선생의 목소리에 허탈한 웃음기가 묻어났다.

이튿날 저녁 무렵, 김범우는 서울역으로 서민영 선생을 마중 나갔다. 앞다투어 쏟아져 나오던 승객들이 뜸해진 다음에 서민영 선생이 다리를 절룩이며 모습을 드러냈다.

"선생님, 접니다."

김범우는 허리를 깊이 숙였다.

"응, 나왔나. 건강하지?"

서민영은 피곤해 보이는 얼굴에 웃음을 지었다.

"민 기자도 나오기로 했는데 갑자기 취재할 사건이 생기고 말았습니다."

"아니네, 안 나오기 잘했어. 헌데 자네 혜화동 쪽 잘 아나?"

"네, 좀 아는 편입니다."

"최익승이를 오늘 밤에 만나기로 했으니 어둡기 전에 집을 찾아야지. 보성중학교하고 혜화국민학교 사이라고 하더군."

"그쯤이라면 쉽게 찾을 수 있을 것 같습니다."

김범우는 서민영 선생을 부축해서 종로행 전차를 탔다. 퇴근 시간이라 전차 안은 몸 돌리기도 어렵게 사람들이 차 있었다. 다리가 불편한 분이 서 있어야 하는 게 김범우는 마음에 걸렸다.

"선생님, 최익승이 무슨 까다로운 조건을 내세우려는 게 아닐까요?"

김범우가 조심스럽게 말을 꺼냈다.

"아마도 그럴 것 같구먼."

서민영은 무심한 듯 창밖을 바라본 채 고개를 끄덕였다.

"심 중위를 구하는 것도 중요하지만 선생님께서 그자의 선거 운동원이 될 수는 없는 노릇 아닌가 합니다."

"심려 말게. 최는 날 옭아매서 선거에 최대한 이용하려 들 게고, 난 반대로 그의 힘을 빌려 심 중위 일을 해결하되 선거에는 최소한 이용당하려는, 일종의 줄다리기 아니겠나."

"그렇지만 그자를 조금이나마 돕게 되면 선생님의 위신이……"

"자네 생각 아네. 허나 그와 타협해서 심 중위를 구해 내는 건 양심적으로나 사회적으로나 욕될 게 없네. 내 위신 때문에 궁지에 빠진 젊은이를 외면하는 게 오히려 비겁이지. 최도 다음 선거에 자기가 당선되리란 걸 누구보다 잘 알고 있네. 그런데 왜 나와 거래하려 하는가? 돈도 힘도 안 드는 신원보증을 서 주고, 반대파를 하나 없애자는 거지. 그가 필요로 하는 건, 될 수 있는 한 선거를 쉽게 치르는 거니까. 나도 타협할 선을 정하고 있으니까 너무 걱정 말게나."

종로4가에서 전차를 갈아타고, 혜화동에 내렸을 때는 날이 어둑어둑해져 있었다.

집은 쉽게 찾을 수 있었다. 혜화국민학교의 담을 마주 보고 있는 골목길을 꺾어 들어 오른쪽 네 번째 한옥에 최익승의 문패가 붙어 있었다. 골목길이라고 하기에는 넓은 길 양편으로 한옥들이 정연하게 자리 잡고 있었는데, 그 집들의 대문은 하나같이 크고 담 또한 높았다.

"소문대로 부자 동네구먼."

눈을 껌벅이며 서민영이 중얼거렸다.

"예, 경복궁이 가까운 효자동·가회동·재동·팔판동이 서울 토박이 양반 동네라면 명륜동이나 혜화동은 각지에서 모여든 부자들이 살고 있답니다."

김범우는 이학송에게 들은 말을 그대로 옮겼다.

"각지에서 모여든 부자라……. 얘기가 길지 않을 것이니 자넨 어디서 좀 기다리게나. 최는 누가 옆에 있는 걸 꺼릴 테니까."

서민영은 의미 있는 웃음을 지었다.

"그러믄요. 저하고는 감정이 있는 사입니다."

김범우도 따라서 웃음 지었다.

최익승은 서민영을 기다리고 있었다. 형식적인 인사를 나눈 뒤에 서민영은 바로 본론을 꺼냈다.

"전화로 말씀드렸으니 심 중위 일은 다시 꺼낼 필요 없겠고, 바로 서약서를 작성하지요."

"좋습니다. 헌데 서약서에 날 지지하겠다고만 써서는 곤란하고 어떻게 지지할지 구체적으로 써야 합니다."

최익승은 주도권을 잡고 있는 사람답게 거드름을 피우며 말했다.

"그 구체적인 사항을 말씀해 보시지요."

"딱 잘라 말하면, 날 지지하는 연설을 최소한 두 번은 해야 합니다."

최익승은 상기된 얼굴로 서민영을 똑바로 보았다.

"좋은 말씀이오. 허나 내 제의는, 내가 출마를 포기하는 것으로 최 의원에게 협조하려고 하오."

서민영도 최익승을 똑바로 보며 말했다.

"아니, 대체 그게 무슨 소리오?"

최익승은 어리둥절한 얼굴이었다.

"최 의원도 아시다시피 지난 선거 때 많은 사람의 출마 종용을 받고도 나서지 않았던 걸 후회하고 있소. 그래 다음에는 출마할 작정이었소."

　저놈이 날 이용만 해 먹고 제 놈 몸 더럽히지 않으려고 여우 같
은 수를 쓰는 거지. 감히 누굴 홀리려고. 저놈을 엎어치기로 넘기
려면 배짱으로 나가는 수밖에 없지. 헌데, 저놈이 정말 나서
면……. 골치 아파진다. 허나 아무나 출마하나. 일단 배짱으로 밀
어붙여라. 최익승은 머리를 빨리 회전시키고 있었다.

　"하아! 듣던 중 해괴한 소리요. 얼마든지 출마하시오. 우리 얘
기는 끝났소."

"좋소. 어디 한번 겨뤄 봅시다, 누가 이기나."

서민영은 다리가 불편한 사람답지 않게 자리를 차고 일어섰다. 그 순간 최익승은 생각이 헝클어졌다. 저놈이 저거 참말인 모양이네. 저놈을 그냥 보냈다가는 오기를 부릴 텐데, 내가 실수했구나. 저걸 어쩐다? 서민영은 거침없이 방문을 열어젖히고 있었다.

"서 선생, 나 좀 봅시다!"

최익승은 소리치며 일어섰고, 서민영은 그대로 대청으로 나서고 있었다.

"서 선생, 내가 잠시 잠깐 잘못 생각한 것 같소. 앉읍시다. 앉아서 얘기합시다."

서민영을 붙든 최익승의 목소리가 다급했다.

　서약서.

　본인은 차기 선거에 불출마함과 아울러 최익승 후보를 성심껏 후원할 것을 서약하는 바이다.

한지에 먹으로 쓴 서약서 내용이었다.

돈암동으로 가는 전차 안에서 그 이야기를 들은 김범우는 자꾸 웃음이 나오려 했다. 서 선생이 손상받을 것 하나 없이 최익승을 이용하게 된 것이며, 최익승의 허점을 찌른 작전이 더없이 통쾌했다.

김범우의 하숙에서 잔 서민영은 다음 날 떠났고, 사흘 뒤에 심재모는 풀려났다.

"심 중위님, 죄송합니다. 저 때문에 너무 고생하셨습니다."

김범우는 심재모와 악수를 나누며 말했다.

"무슨 서운한 말씀입니까. 용공 혐의로 헌병대에 들어갔다가 말짱하게 나온 건 아마 나 하날 겁니다. 이게 다 누구 덕입니까."

약간 파리한 안색의 심재모가 구김살 없이 말했다.

"아직 근무지 결정은 안 됐겠죠?"

"마음 같아서는 예편하고 싶은데 뜻대로 안 될 것 같고, 명령대기 하라니까 당분간 집에서 쉴 작정입니다."

그와 헤어진 뒤에도 예편하고 싶다는 그의 말이 오래도록 김범우를 우울하게 했다. 심재모의 그 말에, 교직을 떠나고 싶다는 손승호의 말이 겹쳐졌다. 떠나고 싶은 사람이 어디 그 둘뿐일까. 그들은 떠나고자 하지만 정작 갈 곳은 그 어디인가. 그들을 떠나고 싶게 만든 세상, 그 세상이 떠나야 하는 게 아닌가.

6월 6일 아침 8시 30분경 명동 입구를 중심으로 한 남대문로에는 기마경찰대 20여 명이 줄을 서 있었다. 그들은 말에 탄 채 인도에 서 있었으므로 차량 통행에는 별다른 지장을 주지 않았다.

그러나 기마경찰대가 내뿜고 있는 삼엄한 분위기 때문에 사람들은 지레 그 앞으로 지나기를 꺼렸다. 일정 때의 기마경찰은 고등계 형사만큼이나 공포의 대상이었다. 말발굽 소리, 긴 가죽 장화, 번쩍이는 닛뽄도, 말 위에서 닛뽄도를 내리쳐 사람의 목을 날리는 포악함, 그런 것에 질린 사람들은 기마경찰을 먼발치에서 보아도 진저리 치며 미리 피했다.

그런 상황에서 반민특위 본부는 무장 경찰관들에게 완전히 포위되어 있었다. 권총이나 카빈총을 든 경찰관들은 살기에 찬 눈들을 번뜩이며 금방이라도 총을 쏠 태세를 갖추고 있었다. 그 살벌한 경계 속에서, 출근을 하는 특위 관계자들은 정문에 들어서자마자 무장해제를 당하고 수갑을 차야 했다. 경관들의 기세가 워낙 살벌했으므로 저항하는 사람은 별로 없었으나, 어쩌다 무기 소지증을 내보이며 저항하는 사람에게는 여지없이 폭행이 가해졌다. 어떤 사람은 개머리판에 맞아 이마가 터진 채 수갑을 차기도 했고, 어느 사람은 옷이 찢겨 안으로 떠밀려 들어가기도 했다.

특위 정문 맞은편에서 한 남자가 길을 가로질러 뛰어왔다. 그는 그대로 정문을 통과할 기세였다.

"서라, 누구냐!"

경찰 두 명이 소리치며 총으로 그를 가로막았다.

"기자요, 기자."

남자는 숨을 헐떡거리며 대꾸하고는 앞으로 내달으려 했다.《국도신문》의 이학송이었다.

"이 새끼 이거, 기자면 다야!"

경찰 하나가 총으로 이학송의 가슴팍을 떠밀며 외쳤다.

"기자 새끼들 꼴도 보기 싫다. 피 보기 전에 당장 꺼져!"

다른 경찰이 잔인한 얼굴로 내뱉었다.

"비키시오. 기자한테 이러는 법이 어딨소."

얼굴이 땀범벅인 이학송은 그들을 밀치며 안으로 들어가려 했다.

"이 새끼, 뒈지고 싶어!" 하고 경찰 하나가 째지게 소리쳤고 "이 새끼야, 법 여깄다."라고 다른 경찰이 소리치며 개머리판을 휘둘렀다. 개머리판은 이학송의 볼을 후려쳤고, 그는 윽 소리를 토하며 비틀거렸다.

"이 새끼, 떡대 값 하네."

그 경찰이 다시 개머리판으로 이학송의 어깻죽지를 내리쳤다. 이학송은 푹 주저앉았다.

"거기 뭐야!"

뒤에서 들려온 외침이었다.

"옛, 기자 놈이 뛰어들려고 해서 막고 있는 중입니다."

개머리판을 휘두른 경찰이 부동자세를 취하며 보고했다.

"새끼, 냄새를 빨리 맡았군. 이리 끌고 와."

이학송은 혁대를 잡혀 사복을 입은 사내 앞으로 끌려갔다.

"얌마, 뭘 먹겠다고 여길 기어들어. 경찰이 니놈들 밥인 줄 아냐."

사복은 손등으로 이학송의 볼을 탁탁 치며 말하고는 "이 새끼 저 방에 함께 가두고 딴 놈들도 나타나면 모조리 잡아들여."라고 정문 보초에게 명령했다.

이학송은 총부리에 떠밀려 꼼짝없이 특경대원들이 갇혀 있는 방으로 들어갔다. 방에는 20여 명의 눈에 익은 얼굴들이 붙들려 와 있었고, 총을 든 네 명의 경찰이 그들을 지키고 서 있었다.

이학송은 특경대원들이 그 꼴이 되었다는 것을 도저히 납득할 수 없었다. 그들은 다 총을 지니고 있었고, 친일 범죄자들을 잡아들이던 특수 임무 수행자들이었다. 그들이 무기를 다 빼앗기고 쇠고랑을 차다니. 그건 반민족행위특별조사위원회가 무너지고 있는 현장의 모습이었다.

이럴 수도 있는가……. 이학송은 눈을 감고 어금니를 맞물다가 하마터면 소리를 지를 뻔했다. 왼쪽 어금니 자리가 화끈거렸던 것이다. 왼쪽 귀도 먹먹했다.

그 뒤로 열네댓 명이 더 잡혀 들어왔고, 그들 가운데 기자는 세 사람이었다.

"기자 새끼들 다 나와!"

문을 박차고 들어온 경찰이 소리쳤다. 기자 넷은 서로 눈짓만 하며 밖으로 끌려 나갔다.

"이 새끼들, 꼼짝 말고 저쪽에 서 있어. 움직이면 쏴 버린다."

경찰이 총대를 가로로 잡아 그들을 벽으로 밀어붙이고는 돌아섰다.

잠시 후에 갇혀 있던 사람들이 떠밀려 나와 건물 뒤에 대기하고 있던 두 대의 스리쿼터에 실렸다.

"밀어 박어라, 빨리, 빨리."

사복 차림이 권총을 휘두르며 소리쳤다. 수갑을 찬 40여 명은 짐짝 실리듯 스리쿼터 안으로 밀어붙여졌다.

이학송은 재빨리 몸을 움직였다.

"이 형, 어딜 가오?"

뒤에서 들리는 소리에 아는 척 않고 이학송은 특위 사무실로 뛰었다.

특위 사무실은 난장판이 되어 있었다. 책상과 의자들은 부서진 채 나둥그러져 있었고, 서류들은 어지럽게 흩어져 있었다. 그 수라장 속에 두 사람이 박힌 듯 서 있었다. 특위 부위원장 김상돈과 검찰총장이며 특위 검찰청장인 권승렬이었다.

"《국도신문》기자 이학송입니다. 이게 어찌 된 일입니까?"

이학송이 김상돈에게 물었다. 그때 세 기자가 우르르 뛰어 들어왔다.

"아무 할 말이 없소. 경찰이 특위를 습격한 것이고, 여러분이 목격한 그대로요."

김상돈은 중얼거리듯 말하며 의자에 주저앉았다.

"특위 부위원장으로서 한 말씀 해 주십시오. 이건 중대한 위법 사건이고, 폭력 사태입니다."

어느 기자가 격한 어조로 말했다.

"공식 발언은 위원장께서 할 것이고, 일개 경찰이 검찰총장에게 총을 겨누고 위협하며 총을 탈취하는 판이니 이건 위법 정도가 아니고 무법천지요."

김상돈의 얼굴은 비참하게 일그러져 있었다.

"검찰총장님께서 한 말씀 해 주시지요."

"낸들 무슨 할 말이 있겠소. 이 사건이 일어난 배경이야 당신들도 잘 알고 있을 테니, 목격한 대로 쓰시오."

"앞으로 특위 활동은 어떻게 됩니까?"

"거기에 대해서도 공식적인 발표가 있을 것이오."

김상돈의 말이었다.

"그들은 어느 경찰서 소속입니까?"

"중부경찰서요."

권승렬이 대답했다.

"지휘는 누가 했습니까?"

"서장 윤기병이오."

"그럼, 그 사람들도 중부서로 잡아갔겠구만. 이만 실례하겠습니다."

이학송이 다급하게 자리를 빠져나갔다.

19

그리고,
친일파·민족 반역자들의 승리

무장 경찰이 반민특위를 기습한 사건이 신문에 보도되자 그 충격은 전국으로 퍼져 나갔다. 반민특위 활동에 기대가 컸던 만큼 사람들이 받은 충격도 컸다. 사람들이 모인 곳이면 어디서나 경찰의 행위를 규탄했다. 습격을 지휘한 중부서장 윤기병, 그 위에서 명령을 내린 시경찰국장 김태선이 일제의 특별고등경찰 출신이며, 그보다 더 위인 치안국장 이호와 내무부 차관 장경근은 친일 공무원이었고, 현장에서 난동을 부린 60여 명의 경찰 모두가 친일 경력자라는 사실에 사람들은 더 분노했다. 그러나 특경대원들이 경찰서로 끌려가서 당한 참상을 확인하고, 사람들의 분노는 절망으로 바뀌었다.

끌려가 구타당한 사람은 서른다섯이고, 열여섯 사람은 병원에 입원해야만 했다.

"피해가 커서 아직 전체 진단 결과는 나오지 않았다. 현재까지 본 부상자는 둔기에 구타당한 타박상이 가장 많으며 늑골이 부러진 환자도 있다. 머리와 얼굴 부상자 중 현재 세 명을 진단했는데, 두 명은 양쪽 고막이 파열되고 한 명은 한쪽이 파열되었다. 치료에 약 1개월이 필요하다."

담당 의사의 말이었다.

"살아서 다시 하늘을 볼 줄 몰랐다. 뭇사람이 손발을 묶어 놓고 그저 내갈기는데 정신을 차릴 수가 없었고, 남로당에 언제 가입했느냐, 뇌물을 얼마 먹었느냐, 등등의 소리를 들었다."

어느 특경대원의 말이었다.

"끌려가자마자 양 엄지손가락에 마이너스 플러스 전선을 하나씩 감아 전기 고문을 하면서 등덜미 머리 할 것 없이 린치를 당했다. 까무러쳤다가 정신을 차려 보니 무의식 중에 똥을 싸고 있었다. 살게 될 줄은 정말 몰랐다."

다른 특경대원의 말이었다.

반민족행위특별조사위원회는 국회를 통과한 반민족행위처벌법과 반민족행위특별조사기관조직법을 근거로 설치된 국가기관이었다. 하지만 그 법이 통과한 뒤에도 친일 집단은 기가 꺾이기는

커녕 오히려 그 법의 시행을 노골적으로 방해하고 나섰다. 일제 특별고등경찰 출신으로 수도경찰청 수사과장인 노덕술이 지휘하다가 지난 1월에 드러난 특위 위원 암살 음모가 그것이었다. 그 음모 뒤에는 친일 재벌 박흥식이 숨어 있다는 혐의가 드러났고, 또 그 뒤에는 한민당이 있다는 풍문이 진하게 퍼졌다. 그 전부터도 특위 관계자들은 전화나 편지로 온갖 협박 공갈을 받고 있었다. 특위는 그런 위험에 굴하지 않고 박흥식을 비롯한 반민족 행위자들의 검거에 나섰고, 마침내 서울시경찰국 사찰과장 최운하와 종로서 사찰계주임 조응선을 검거했다. 그러자 다음 날 시경찰국 사찰과를 중심으로 각 경찰서 사찰계원 440명은 '우리의 신분을 보장해 주지 않는 이상 정부를 신뢰하고 일할 수 없다.'며 집단 사표를 냈다. 그리고 다음 날 아침 경찰이 특위를 기습 공격한 것이다. 따라서 구속되어 있던 최운하와 조응선은 오후 2시에 풀려나고 말았다.

이비인후과를 나온 이학송은 민기홍·김범우와 약속한 장소로 발길을 서둘렀다. 특위 사건이 나고 김범우한테서 두 번 연락이 왔지만, 사건이 사건인지라 사방팔방으로 뛰어다니다 보니 닷새 만에야 겨우 숨을 돌릴 수 있었다. "과음은 금물입니다."라는 의사의 말에 그는 "소음만 하겠습니다."라고 대꾸했다. 이틀 동안 치과를 다녀 이의 통증은 가라앉았는데, 귀는 앞으로도 열흘 정도

더 다니라고 했다. 갑자기 귀가 찡 울리는가 하면, 예리한 쇠꼬챙
이로 쑤시는 것 같은 아픔이 진저리를 치게 했다. 그런 증상은 고
막 파열상 때문이라고 했다. 터지지 않고 금이 간 게 그나마 다행
이었다.

다방에는 민기홍과 김범우가 먼저 와 있었다.

"내가 10분 늦었군."

이학송은 건성으로 시계를 보며 자리에 앉았다.

"자네 혼자 기자 같군. 시간 좀 지켜."

민기홍이 안경을 밀어 올리며 꼬집었다.

"너무 그러지 말게. 그놈의 알량한 기자질 땜에 병원 들러 오느
라 그랬네."

이학송은 왼쪽 귀로 손을 올렸다.

"왜, 자네 특위에 겸직했었나?"

그래서 구타라도 당했느냐고, 민기홍은 영리한 모습에 어울리
게 재치 있게 물었다.

"그날 아침에 정문을 돌파하려다가 개머리판 세례를 받았지."

"저런, 아직도 병원에 다니면, 심하게 다친 것 아닌가?"

민기홍은 장난기를 버리고 정색을 했다.

"괜찮네. 고막에 금이 갔다는데, 과음은 안 돼도 소음은 허락
받았으니까."

이학송의 얼굴에는 전과 다름없는 웃음이 감돌았다.

"빌어먹을, 그놈들이 배워 먹은 짓이란 사람 두들겨 패는 것밖에 없으니 원."

민기홍이 쓴 입맛을 다시며 자리를 고쳐 앉았다.

다방에서 나온 세 사람은 청진동 술집에 자리를 잡았다.

"자, 우리들 친일파의 번성을 위하여."

이학송이 잔을 들며 말했고, 김범우는 쿡 웃었고, 민기홍은 쯧쯧 혀를 찼다.

"앞으로 특위는 어떻게 될 것 같습니까? 신문에는 활동을 재개한다고 났던데요."

김범우가 입을 열었다.

"내 생각으론 마지막 몸부림이 아닐까 싶소."

이학송의 신중한 말이었다.

"너무 비관적인 생각 아닌가?"

술을 찔끔 입에 댄 민기홍이 말했다.

"나도 그랬으면 좋겠는데, 돌아가는 사태를 보면 이미 끝장난 것이나 마찬가지네. 국회마저 경찰에 좌우되고 있지 않나. 이번 사태는 이 나라가 경찰국가임을 그대로 보여 주었네."

"그건 또 무슨 소린가?"

"경찰 집단이 정치에 개입할 만큼 세력이 막강해졌다는 뜻이네. 특위가 늦게나마 발족된 것은 다행한 일이었지만, 오늘의 운명은 처음부터 정해진 길이었어. 어떤 일을 이루는 데에는 적기가 있는 법인데, 반민특위는 그 적기를 찾지 못했네. 특위를 발족시킨 뜻이야 백번 좋았지만, 특위 활동이란 애초부터 흉기 든 강도를 맨손으로 잡겠다는 격이었네. 한민당을 중심으로 한 정치권력과 경찰을 중심으로 한 무장 세력이 확고하게 조직된 현실에서 무슨 수로 그들을 처단한단 말인가. 민족 반역자들을 처단하여 민족정기를 세우고 민족 정의를 살리자. 그러나 이 일이 명분만으로 되겠는가. 특위 활동이란 무슨 계몽운동이 아니라, 죽이고 죽는 목숨을 내건 싸움이란 말이네. 친일 반역자들이 특위한테 꼼짝 못할 줄 알았다면 그야말로 어리석도록 순진한 감상이지. 그들에게 그런 양심이 있다면 아예 친일도 반역도 하지 않았겠지. 그 목숨을 내건 싸움의 폭발이 이번 사태고, 특위는 당연한 패배를 한 셈이지. 미 군정의 비호 아래 이승만·한민당·경찰이 협력해서 만들어 낸 첫 작품이 단정 수립이고, 두 번째 작품이 이번 특위 박멸이네. 편안하게 권력을 유지하기 위해 그들은 특위를 깨부숴야 했던 거야.”

이학송은 목이 마른지 술잔을 단숨에 비웠다.

“그럼 애당초 특위는 만들 필요가 없었다는 건가?”

민기홍의 눈이 안경 속에서 예리하게 빛났다.

"아니, 그 반대지. 아까 적기라고 말했는데, 우리에겐 그 기회가 딱 한 번 있었네. 친일 반역자 처단은 해방된 날부터 민중의 손으로 감행해야 했네. 미군이 점령하기 전까지 우리 민중에겐 20일 넘는 시간이 있었어. 게다가 건준도 신속하게 구성했지. 그런데 민중들은 그 아까운 시간을 허송했고, 건준도 그 일에 소홀하고 말았어. 나라와 민족을 생각한다는 사람들은, 친일 세력을 제거하지 못한 것이 미군 때문이라고 쉽게 말하는데, 물론 미군이 우리 민족 문제에 개입해 저지른 범죄야 용서할 수 없지만, 그에 앞서 그 20일 동안 뭘 했느냐고 냉정하게 우리 스스로를 비판해야 하네. 만약 불란서 국민들이 우리 같은 상황이었다면 그 20일을 허송했을 것인지 생각하면, 과연 우리 민족에게 혁명을 수행할 능력이 있는가를 회의하지 않을 수 없네. 내가 이렇게 말하면, 자넨 극단론이라고 공박하겠지만, 난 그때 20일을 잘못 살아 영원히 고향에 돌아갈 수 없는 몸이 됐다네."

이학송은 술잔을 들었다.

"아니, 그럼?"

민기홍이 다급하게 안경을 밀어 올리며 눈을 휘둥그렇게 떴다.

"묻지 말고 적당히 상상하게."

이학송은 눈을 사르르 감으며 술잔을 기울였다. 김범우는 그런 그에게 깊은 눈길을 모았다. 그의 논리도, 영원히 고향에 돌아갈 수 없을 만큼 어떤 행동을 했다는 것도 놀라움이 아닐 수 없었다.

"제길, 나만 지껄이고 있군. 김 형, 얘기 좀 하쇼."

이학송이 잔을 내밀며 김범우를 보았다. 그 눈길이 맵고 차가웠다.

"하던 말씀을 다 끝내야 제 차례가 오지요."

김범우가 잔을 건네며 비식 웃었다.

"물론 해방이 너무 갑자기 와서 민중들이 우왕좌왕하며 그 중요한 시간을 놓쳐 버렸고, 건준은 미군 점령에 대비한 국가 기구를 만드느라고 그 문제를 처리할 시간이 없었다고 말할 수도 있겠지. 또 어떤 창백한 인도주의자는 법적 처벌 기준도 없이 어떻게 그런 엄청난 일을 하느냐고 공박할 수도 있겠지. 그럼 일본 놈들이 우리 민족을 살해하고 착취할 때는 어떤 법적 기준이 있었던가? 제멋대로 아니었는가. 그런 일본 놈들에 붙어서 그놈들과 똑같은 만행을 저지른 민족 반역자들을 처단하는 데 무슨 법이 필요한가. 우리에게 해방의 의미는 외적으로 일본의 지배에서 벗어나는 것이고, 내적으로는 민족 혁명의 시작이었네. 민족 혁명이란, 민족 반역자들을 남김없이 처단하는 인간 혁명과 사회제도 전반을 뒤엎어 새로 창출하는 정치혁명, 그 두 가지가 함께 완성되는 걸 말하지. 혁명은 개조도, 개선도, 변모도 아니야.

142

완전한 새로움의 탄생이야. 그러므로 혁명은, 혁명 그 자체가 법이야. 그러나 민족 반역자들을 극형 처단해야 하는 근거가 꼭 필요하다면 얼마든지 댈 수 있지. 일본 놈들이 36년에 걸쳐 직접 살해한 우리 동포의 수가 얼마며, 착취해서 굶어 죽게 한 간접 살해는 또 얼마인지 따져 보세. 수백만 명 아닌가. 민족 반역자들을 대략 150만으로 추산하는데, 일제 치하에서 죽어 간 동포의 수를 300만으로 줄여 잡더라도 그놈들은 하나 앞에 두 사람씩 죽인 게 아닌가. 그런 살인자들을 어찌 그냥 살려 둘 수 있겠나. 그런데 우린 그 절호의 기회를 놓쳤고, 미군에게 점령당했고, 오늘날과 같은 엉망진창의 꼴이 되고 말았지. 그리고 '혁명'이라는 말만 써도 좌익으로 몰아붙이는 우습지도 않은 상황이 되지 않았나. 더구나 특위까지 저리 되고 말았으니 이제 끝장난 나라 아닌가."

말을 마치고 긴 한숨을 쉬고 난 이학송은 술을 벌컥벌컥 들이켰다.

"난 자넬 만나면, 설득당한 것 같아서 기분 나빠. 김 형, 안 그렇소?"

민기홍은 기분 나쁜 척한 얼굴로 김범우에게 눈을 돌렸다.

"저처럼 동의해 버리면 기분이 좋아집니다."

"하, 내가 동지를 구하려다가 적을 만났네." 민기홍은 이마를 가

볍게 치고는 "어쨌든 양키들이 틀려먹었어." 하며 상을 찡그렸다.

"이 사람아, 그런 소리 쉽게 하지 말라니까. 그 생각이야말로 무책임한 책임 전가야. 뭘 좀 안다는 사람들이 힘 하나 안 들이고 그런 소리 하며 편안해하는 걸 보면 난 울화통이 터져. 똑같은 발상으로, 분단도 강대국 책임이다, 하는데 다 넋 나간 작자들이야. 미국 놈들이나 소련 놈들이나 다 우리 땅 집어삼키려고 들어온 도둑놈들인데, 도둑놈들이 무슨 책임을 지느냐 그 말이야. 책임이야 주인한테 있는 거지. 아까 말한 대로 우리가 해방되자마자 친일 반역자들을 모조리 말살했어 봐. 미국이고 소련이고 자기네들 뜻대로 못했어. 민족이 이미 한 덩어리가 된 데다가, 그놈들한테 잘못 붙어먹었다간 친일 반역 세력자처럼 죽어야 한다는 걸 아는데 누가 감히 붙어먹겠나. 추종 세력이 없으니 그놈들은 도리 없이 목적을 포기하고 물러가야 하고, 우린 떳떳한 자주독립 국가를 세우는 거지."

"에이, 그건 너무 환상적 당위론이네."

민기홍이 습관적인 코웃음을 흘렸다.

"그래?" 이학송의 목소리가 갑자기 커지며 얼굴이 굳었다가 풀어지며 "그래, 그렇게 말하지 않으면 자네답지 않지. 자네가 어떻게 말하든 난 그것이 환상적 당위론이 아니라 우리의 역사에 필요한 실제적 방법론이었다고 믿고 있고, 우리가 저지른 역사에 대한 직무 유기는 앞으로 두고두고 우릴 괴롭힐 것이고, 그 괴로움을 벗어나려면 반드시 그 방법론을 통과하지 않으면 안 된다는 것도 믿고 있네. 다시 말해 그건 역사가 우리에게 지운 짐이고, 풀기를 요구하는 숙제지."라고 낮게 말했다.

술자리를 마친 김범우는 술기운에 약간씩 흔들리는 걸음걸이로 종로4가 쪽으로 걸었다. 머릿속에서는 이학송의 말들이 어지럽게 엇갈렸다. 이제 끝장난 나라지……. 그래, 그건 정답일지도 모른다. 아니, 정답이다. 한 번 배신한 자 두 번 배신하고, 한 번 거짓말한 자 두 번 거짓말하는 법이다. 그러므로 그런 자들은 마땅히 죽여야 한다, '옳소!'다. 그런데 그런 자들을 다 살려 놨다. 그러므로 직무를 유기한 바보들은 그자들에게 되잡혀 먹히게 된다, '옳소!'다. 불란서 국민들이 우리 같은 상황이었으면……. 보나마나 가차 없이 비질해 버렸겠지. 그들은 2차 대전이 끝난 뒤에 나치스 협조자, 레지스탕스 밀고자부터 처단하지 않았나. 그들은 우리와 달라. 인종에 우열이 있는 게 아니라 역사가 달라. 그들은 인간의 삶이 바로 역사고, 역사는 인간의 힘으로 뒤바뀌고 창조된다는 것을 알고 믿어. 그런 체험을 했으니까. 혁명을 일으켰고, 성공시켰거든. 우린 그런 역사적 경험이 없어. 그러니 역사에 대한 존엄도, 신뢰도, 책임도, 냉엄도, 두려움도 없어. 그래서 역사적 행위를 한 이학송은 영원히 고향에 돌아갈 수 없는 악인이 된

거지. 해방과 동시에 친일 반역자들을 민중의 힘으로 말살하지 못한 건 우리 역사가 우리에게 지운 짐이고, 풀기를 요구하는 숙제라고? 옳은 말이고, 무서운 말이야. 이 선배, 그런 생각을 할 수 있는 당신은 대단한 사람이야. 아냐, 정직한 사람이야. 당신은 역사의 한가운데 서 있으려 하고, 민기홍은 한사코 역사를 피하려 하고 있어. 그러나 당신 조심해. 국회의원도 빨갱이로 잡혀 들어가고, 특위도 빨갱이 소굴로 몰아치는 세상이야. 기자라는 게 방

패가 못 돼. 왜 당신을 보면 염상진 선배 생각이 날까. 염상진…….
염상진…….

"인석 씨, 저 사람 봐요, 저 사람!"

남자와 나란히 걷고 있던 여자가 빠르게 속삭였다.

그들과 김범우가 엇갈려 지나쳤다.

"저 사람, 김범우 아냐?"

인석이라는 젊은 남자가 걸음을 멈추고 돌아서며 약간 놀란 얼

굴이었다.

"김범우가 뭐예요, 김 선생님이지."

젊은 여자가 입술을 삐쭉하며 눈을 흘겼다. 송성일의 누나 송경희였다.

"날 지금 가르치는 것도 아니고, 나이가 몇 살 차이 난다고 선생님이야?"

"어머, 예의 없고 상스러워. 근데…… 저분이 서울엔 어쩐 일일까?"

송경희는 고개를 갸웃거렸다.

"무슨 볼일이 있어서 왔겠지 뭐."

젊은이가 송경희의 옷깃을 끌었다. 그는 최익달의 큰아들이었다.

아아, 멋져……. 약간 비틀거리며 멀어져 가는 김범우의 뒷모습을 바라보며 송경희는 생각했다. 다니러 왔을까, 이사를 왔을까. 최인석만 없으면 아는 체했을 텐데.

그녀는 서울로 올라온 뒤에도 정하섭 때문에 한동안 괴로움을 겪었다. 아버지를 죽인 한패거리라는 증오감과 마음을 준 이성으로서의 사모감 사이에서 그녀는 스스로를 고문했다. 그를 만난다면 차라리 해결이 빠를 것 같았다. 그러나 그는 자취도 없었다. 증오한다고 복수할 것도 아니고, 마음을 그대로 간직한다고 합해질 것도 아니었다. 결국 그 두 가지를 다 버려야 한다는 결론에 이르렀다. 그녀는 그것을 스스로 확인이라도 하듯 전부터 관심을 보이던 최인석의 접근을 허용했다. 최인석은 정하섭에 비해 인물이 모자랐다. 그래도 아버지가 부자니까, 큰아버지는 국회의원이고, 하며 그 모자람을 상쇄하려 했다.

전국에 국민보도연맹이 결성되면서 벌교에도 문제가 생겨났다. 멸공을 위해서는 수단과 방법을 가리지 않는다고 입버릇처럼 말하는 백남식에게 국민보도연맹 벌교 지부 결성은 신바람 나는 일이었다.

국민보도연맹은 새로운 관제 반공 조직으로, 공산당 활동을 막는 데 목적이 있었다. 그 방법은 이미 전향한 사람들을 중심으로 단체를 결성하여 과거 경력 때문에 불이익을 당하는 일이 없음을 보여 줌으로써 새로운 전향자들을 이끌어 내는 것이었다. 그 '관대한' 처사는 이미 전향할 뜻을 품고는 있지만 불안감 때문에 행동으로 옮기지 못하는 사람들이나, 사상적으로 회의하는 사람들에게 영향을 줄 만한 일종의 심리전이었다.

가장 먼저 곤욕을 치른 사람은 손승호였다. 백남식이 그에게 지부 위원장을 맡으라고 명령한 것이다.

"저는 그런 일을 맡을 만한 능력이 없습니다. 다른 사람을 골라 보시지요."

손승호의 태도는 공손했지만 얼굴은 핏기 없이 굳어 있었다.

"능력은 필요 없소. 일은 우리가 다 하는 거니까 당신은 감투만 쓰면 되는 거요."

백남식이 내질렀다.

"일을 맡으면 어디 그렇게 되겠습니까. 저는 아이들 가르치는 것만도 벅찹니다."

"아하! 하라면 했지 무슨 잔말이 많소."

백남식이 책상을 쳤다.

"무슨 말을 그리 막 합니까! 그리고 이렇게 본인의 의사를 무시해도 되는 겁니까."

손승호의 태도가 도전적으로 변했다.

"멸공 전선에 서는 데 뭐 말라빠진 본인 의사야. 당신 하는 꼴 보니 사상이 의심스러워. 이거 위장 전향 아냐!"

"맘대로 생각하시오, 난 못하니까."

손승호가 순식간에 문을 박차고 나갔다.

"이 새끼, 거기 서! 쏴 죽이기 전에 거기 서!"

백남식이 소리를 질렀고, 손승호는 사무실을 나가고 있었다. 그때 권 서장이 자기 방에서 황급히 나와, 막 문밖으로 튕겨 나오는 백남식을 막아섰다.

"저 사람 원래 좀 저렇습니다. 사령관님 체면에 저런 사람 상대로 이러시면 됩니까.”

권 서장은 급한 김에 백남식의 비위를 얼러맞추었다. 백남식을 제지하는 데 '사령관님 체면'이 썩 잘 통한다는 것을 권 서장은 간파해 놓고 있었다.

“빨갱이질 해 처먹은 놈을 사람대접해 주겠다니까 되레 배짱으로 나오는데, 저 새끼 저거 위장 전향 아니오?”

“글쎄, 그런 것 같진 않습니다만…….”

권 서장은 얼버무렸다.

“싫어하면 싫어할수록 기어코 그 자리에 앉히고 말 테니, 어디 누가 이기나 보자.”

백남식은 작은 입을 더 작게 오므리며 돌아섰다.

집으로 돌아온 손승호는 두 패로 갈라진 거대한 편싸움의 틈바구니에서 으깨져 죽을 수밖에 없는 자신의 꼴을 보고 있었다. 자신의 앞에는 선택을 강요하는 폭력이 있을 뿐이었다. 그것은 피할 수 없는 길이었다. 목숨을 지탱하려면 그것에 굴복해야 하고, 목숨을 포기하려면 그것에 대항해도 좋았다.

어머님 보옵소서.

자세한 말씀 못 드리고 떠나는 소자를 용서하십시오. 제 걱정 마시고, 저를 찾으려고도 하지 마십시오.

창숙아, 어머님께 이 편지 잘 읽어 드리고, 내가 없는 동안 어머님 잘 모시거라. 그리고 사표는 학교에 전해라.

어머님, 부디부디 건강하십시오.

불효자 승호 올림.

손승호는 편지를 다시 읽었다. 어머니와 동생들의 얼굴이 뒤죽박죽되며 코허리가 찡 울려왔다. 굳이 편지를 남긴 것은 어머니 때문만이 아니라 식구들이 백남식에게 당할 고초를 없애기 위해서였다.

손승호와 백남식 사이에 그런 말썽이 오가는 동안 국민보도연맹에 대한 홍보는 날마다 각 마을로 퍼져 나갔다. 반민족적 행위를 저지르며 불안에 떨지 말고 하루빨리 자수하여 대한민국 국민으로 떳떳하게 살아가자거나 이웃이나 친척 중에 그런 사람이 있으면 자수를 권해 함께 웃으며 살아가자는 내용이었다. 그리고 보도연맹원이 될 사람들의 명단이 작성되었다. 거기에는 병원 사건으로 재판을 받았던 전명환 원장, 간호원, 이지숙이 들어 있었고, 정하섭 사건에 관련된 정현동 사장, 소화, 들몰댁도 끼어 있었다.

이삼 일이 지나도록 손승호의 행방을 밝히지 못한 경찰서의 분위기는 살벌했다. 열 받은 백남식은 책상이나 의자를 닥치는 대로 걷어차며 빨리 잡아들이라고 고함을 질러 댔다. 그런데 그 소동을 멈추게 할 일이 생겼다. 책방 주인 문기수가 백남식을 찾아와 자수를 한 것이다. 토박이 경찰들은 본정통에서 책방을 하는 그가 오래된 세포라는 사실에 까무러칠 만큼 놀랐다. 백남식은 전향자 1호인 문기수를 위원장에 앉히기로 결정했다. 그리고 문기수의 전향 자술서에 커다란 기대를 걸었다. 읍내의 세포조직을 일망타진할 절호의 기회라고 생각했던 것이다. 그러나 그 기대는 여지없이 깨지고 말았다. 시시콜콜 적은 자술서에는 그가 말단 독립 세포일 뿐이라는 사실만 드러나 있었다. 여우 같은 빨갱이 새끼들! 허탈감을 씹으며 백남식이 함께 씹은 욕이었다.

"전향을 환영하는 뜻으로 문기수 씨를 보도연맹 벌교 지부 위원장으로 임명할까 하는데, 어떻습니까."

"아 예, 저에게 그런 자리까지……. 감사히 맡겠습니다."

문기수는 머리를 조아렸다. 문기수를 그 자리에 앉혀 다른 세포들을 유인하려는 백남식의 의도였다.

이지숙은 문기수의 전향이 전혀 놀랍지 않았다. "그자는 이미 변질됐소. 회생시킬 가망도 없고, 우리가 볼 피해도 없으니 방치하시오." 이미 오래전에 염상진이 읍내 조직을 맡기며 한 말이었다.

모내기가 지나고 온 들녘이 초록빛으로 물들 즈음 농지개혁법이 공포되었다. 그 소식은 바람 탄 불길이 되어 삽시간에 벌교를 뒤덮었다. "워메, 살판났네, 농지개혁이 된다네." "동네 사람 다 듣소, 농지개혁법이 맹글어졌다네." 사람들은 목청을 돋우어 외치며 고샅을 돌았다.

그 소식을 들은 사람들의 얼굴에는 환한 웃음이 피어올랐고, 여인네들은 "워메, 인제 살게 되았네!" 하며 서로 얼싸안았고, 어떤 남자는 논두렁 좁은 줄도 모르고 "어허 조웉다, 이 내 세상이 왔고나." 하며 덩실덩실 춤을 추다가 논바닥으로 곤두박이기도 했다.

누가 제안한 것도 아닌데 사람들은 당산나무 아래로 모여들었다. 그런데 마땅히 보여야 할 이장이나 구장 같은 논마지기나 가진 사람들은 보이지 않았다. 소작인들은 자기들에게 좋은 일인 농지개혁법이 그들에게는 나쁜 일임을 새삼스레 확인해야 했다. "그 사람들이 없응께 영 썰렁허네잉." "지주들이야 우리가 좋아라 허는 꼴이 웬수로 뵈겄제." "그런 말 말어. 본전을 뽑아 먹어도 열 곱, 백 곱 뽑아 먹은 놈들이 어째 우리를 웬수 삼어. 웬수 삼자면 우리가 삼어야제." "그려, 우리가 쫄쫄 굶을 적에 즈그 놈들이 알은척이나 혔간디?" 사람들은 이렇듯 서로를 부추기며 자기네들만 모인 어색함을 금방 물리쳐 버렸다.

그러나 그들은 농지개혁법의 내용을 전혀 모르고 있었다. 오로지 농지개혁이 실시되어 금년 농사부터 내 차지가 될 거라는 사실이 그들을 기쁨으로 들뜨게 하고, 꽹과리 치고 술 마시게 하고, 덩실덩실 춤추게 했다.

20

백범 김구를 죽인 네 발의 총알

올 보리타작 마당에서는 노랫소리와 웃음소리가 흥거웠다. 머지않아 실시될 농지개혁 때문이었다. 그러나 농지개혁의 내용이 알려지면서 소작인들의 부푼 기대는 허물어지기 시작했다.

유상몰수, 유상분배—지주에게 돈을 주고 농지를 몰수하며, 소작인에게 돈을 받고 농지를 분배하는 방법에 대해 소작인들은 일제히 반발했다. 그들이 그토록 목마르게 농지개혁을 기다려 온 것은 무상몰수 무상분배로 농지를 갖게 되리라는 기대 때문이었다. 이북에서 이미 오래전에 무상몰수 무상분배라는 방식으로 토지개혁을 했으므로 이남에서도 당연히 그러리라고 생각해 왔던 것이다.

"에라 이 순 개자식들아, 그 드런 법 맹그느라고 4년씩이나 개지랄 쳤냐!" "요것이 지주 놈들 땅장사 시켜 주자는 것이제 농지개혁은 무슨 빌어먹을 농지개혁이여." "참말로 요런 놈의 세상 싹 때려 엎어야제. 선거 적에는 우리 위해 간이라도 빼 줄듯 허든 놈들이 국회의원 되고 나서는 우리를 똥 친 작대기로 취급헌 것잉께, 그 놈들부터 다 때려죽여야 써."

사람들은 거침없이 분노를 토해 냈다.

며칠이 지나 농지 값을 한꺼번에 내는 게 아니라 5년 동안 나누어 내게 된다는 내용이 전해지면서 사람들의 감정은 다소 누그러졌지만, 무상몰수 무상분배를 기대하던 사람들의 불만은 그대로 남아 있었다. 그 무렵 삐라가 살포되었다. 유상몰수 유상분배 농지개혁은 속임수이며, 인민들은 그 속임수에 넘어가지 말고 혁명 대열에 서야 한다는 내용이었다. 해방구인 율어 인민들은 토지를 무상으로 분배받아 농사를 짓고 있다는 사실도 적혀 있었다.

"어이 여보게, 범우, 김구 선생이 피살당했다네, 김구 선생이!"

손승호가 헐레벌떡 하숙집 대문을 뛰어들며 소리쳤다.

"그게 무슨 소리야!"

방문이 벌컥 열리면서 김범우의 상반신이 튀어나오듯 했다.

"어떤 군인이 쏜 총에 맞아 운명했다네."

"군인? 어디서?"

"경교장……."

"범인은 어떻게 되고?"

"현장에서 체포됐다네."

"그놈이 누군데?"

"거기까진 모르겠어."

손승호가 고개를 저었다.

"죽일 놈들이 백범까지……."

김범우가 몸을 부리며 토한 말이었다.

새벽에 벌교를 빠져나온 손승호는 무작정 서울행 기차를 탔다. "자네가 큰 감투를 박찼네그려. 출세할 기횔 놓쳤구만." 그의 말을 들은 김범우는 이렇게 말하며 공허한 웃음을 껄껄거렸다. "어차피 학교를 그만두려던 참이니 때맞춰 벌교 탈출은 잘한 셈이네. 자네가 좀 자유로울 수 있는 직장을 찾아보도록 하세나." 그는 곧 김범우의 소개로 이학송과 인사했다. "이 친구 별명이 책벌레고, 시도 씁니다. 저야 워낙 무식해서 이 친구 시가 어느 정돈지 알 수는 없습니다만, 책을 많이 읽은 실력 하나만은 보장할 수 있습니다." 김범우가 취직을 부탁하며 한 말이었다. "아, 시를 쓰신다구요? 이거 참 반갑습니다. 이러고 보니 손 형은 저와 공통

점이 꽤 많은 편입니다." 이학송은 의외의 반응을 보였다. "아니
그럼, 이 선배도 시를 쓴단 말씀입니까?" 김범우가 물었다. "아니
오, 시는 아무나 쓰는 거요? 그냥 좋아할 뿐이오." 이학송은 손
을 저으며 말하고는 "출판사를 알아보면 어떻겠습니까?"라며 친
근한 눈길을 손승호에게 보냈다. "제가 할 수 있는 일이면 어디든
좋습니다." 손승호는 다급한 형편을 감추지 않았다. 그리고 며칠
이 지난 어제 이학송과 연락이 되어 이력서를 가지고 오늘 오후

에 만나기로 한 참이었다. 그래 손승호는 길도 익히고 책방 구경도 할 겸 미리 종로에 나갔다가 백범 피살 소식을 듣게 되었다.

김범우는 슬픔과 분노와 절망과 증오가 뒤죽박죽된 감정을 다스릴 수가 없었다. 투박한 얼굴에 동그란 테 안경을 낀 독특한 백범의 모습이 떠올랐다. 의지로운 힘과 믿음직스러운 무게를 지닌 혁명가다운 얼굴이었다. 그분을 죽이다니……. 정말 이 나라는 끝장난 것인가. 평생을 바쳐 이국땅에서 독립 투쟁을 하다가 해방된 땅에서 4년을 다 못 살고 총에 맞아 죽어야 하다니……. 일흔넷, 그분의 일생을 이렇게 허망하고 참담하게 종지부 찍게 만든 그놈들을 죽여야 할 게 아닌가. 그분에게 적개심을 품은 놈들은 첫째가 이승만, 둘째가 한민당을 비롯한 친일 반역 집단이 뻔하지 않은가. 그분은 줄기차게 단정 수립을 반대하고 선거를 거부함으로써 이승만을 대통령으로 인정하지 않았고, 자주독립 국가 건설을 위해 민족 반역자들의 일소를 역설했다. 결국 그 두 세력 중 하나가 그분의 가슴에 총을 쏜 것이다. 아니, 그 두 세력이 손을 잡은 결과인지도 모른다. 대낮에, 군인이 경교장까지 들어가서 총질을 해 댔는데 더 뭘 볼 것이 있는가. 정말 이 나라는 끝장이 났는가……. 몽양을 죽이고, 그분마저 죽이다니……. 백범은 마지막 남은 민족의 영도자 아닌가. 그분이 해방 4년 동안 성취하려던 일은 통일 자주 국가 건설을 목표로 첫째 외세 배격, 둘째 민족 통일, 셋째 민주 실천이었다. 그 실현을 위해 그분은 미·소가 남북을 점령한 상황에 맞서 제2의 독립 투쟁을 선언하면서, 지금은 권력 쟁취의 시기가 아니라 진정한 독립 쟁취의 시기이므로 모두 하나로 뭉쳐야 할 때라고 역설했다. 그래서 그분은 반탁을 했고, 단정 수립을 반대했으며, 좌익을 포함시키지 않는다면 통일을 이룰 수 없다는 말과 함께 남북협상에 나섰고, 끝끝내 단정 선거를 거부하여 권력의 길을 외면함으로써 스스로의 진정성을 증명해 보였다. 그분의 그러한 행동은 미 군정의 미움을 샀고, 이승만의 증오를 받았으며, 한민당의 표적이 되었다. 내가 백범을 믿고, 그분의 노선을 지지한 것은, 그분이 내세운 세 가지 실천 목표가 민족을 위해 옳기 때문이었다. 두 강대국의 점령과 함께 두 이데올로기가 대립하는 상황에서 누가 가장 바람직한 민족의 지도자였을까. 사회주의 혁명을 앞세운 극좌 박헌영이었는가, 권력 장악만을 앞세운 극우 이승만이었는가, 좌우합작을 앞세운 중도적 여운형이었는가, 민족 자주를 앞세운 포용적 김구였는가. 두 강대국이 대립을 하는 한 극좌나 극우 노선은 필연적으로 민족 분열을 초래하게 되어 있었다. 이데올로기에 의한 민족의 분열은 결코 용납할 수 없는 어리석음이고 비극이다. 그럼 여운형과 김구가 남는다. 민족의 분열부터 막아 외세에 대처하고, 그다음 단계로 사회혁명을 시도하여 민족 정권을 세우려 했던 그들의 구상은 바람직한 것이었다. 그러나 몽양이 먼저 총을 맞고 떠났고, 백범마저 총을 맞고 말았다. 두 민족주의자는 차례로 제거되고 극우와 극좌만 남은 것이다. 미국이 주도하는 제국주의의 패권주의와 소련이 주도하는 공산주의의 팽창주의가 대결하는 틈바구니에서 두 민족주의자가 그렇게 죽어 간 것은 어쩌면 피할 수 없는 운명인지도 모른다. 이제 우리는 어찌 될 것인가……

"나가 보지 않으려나?"

손승호가 나직하게 입을 열었다.

"이승만이 정적도, 견제도 없는 독판칠 무댈 만들겠다는 속셈인데, 그게 쉬울까?" 김범우는 비웃음을 물더니 "나가 보세, 죽치고 앉아 있는 것보다야 낫겠지."라며 몸을 일으켰다.

두 사람이 종로4가에서 전차를 내렸을 때는 이미 신문의 호외가 나돌고 있었다.

범인 육군 포병 소위 안두희. 현장에서 범인 체포. 범인은 경찰의 손에서 때마침 스리쿼터를 타고 온 사오 명의 군복 청년들에게 넘겨져 어디론지 자취를 감춤. 범인은 권총 네 발을 백범에게 발사하여 모두 명중시킴. 백범은 유언 한마디 남기지 못하고 12시 45분경에 절명.

이 정도가 호외를 통해서 알게 된 사실이었다. 경찰이 스리쿼터를 타고 온 사오 명의 군복 청년들에게 범인을 넘겨주었다는 것은 그 범행이 군 조직의 사전 모의에 의한 것이며, 군통수권자는 대통령이란 사실로 직결되었다. 이미 예측은 했으면서도 호외를 통해 그 사실을 확인하게 되자 김범우는 새로운 분노가 파도로 일어나 가슴의 벽을 치는 고통을 씹어야 했다.

언젠가 술자리에서 이학송 선배에게 한 부탁이 떠올랐다. 이런저런 말이 오가다가 김구 선생을 한번 뵙고 싶다는 말이 나왔고, 그건 별로 어려운 일이 아니라고, 취재 갈 때 같이 가자며 이 선배는 웃었다. 그런데 그 부탁은 영원히 부탁으로 남고 말았다.

21

거꾸로 흐르기 시작한
역사의 물줄기

"어이 고 동무, 아들을 딱허니 맹글 자신이 있는 겨, 없는 겨?"

"양 동무, 아들이냐 딸이냐는 삼신할메가 정허는 것 아니겠어
라?"

고두만이 히물 웃자, 양 동무라는 남자가 흐흐거리고 웃었다.
그 옆에 앉은 다른 남자도 따라 웃었다. 두 사람은 동년배로, 고
두만보다 네댓 살 더 많아 보였다. 등잔은 흙벽을 약간 파낸 속에
놓여 있었는데, 그 끝에 붙은 작은 불꽃이 참호 안을 겨우 밝히
고 있었다.

"아직까지 소식이 없당께 맘이 쓰여 허는 소리네."

양 동무란 사람이 말했다.

"곧 무슨 소식이 있겄제라. 아직 100일이 안 되았응께로요."

고두만의 말에 두 사람은 푸푸거리며 웃었다.

"인제 보초 교대혀야겄제라?"

고두만이 자리를 털고 일어서 나갔다. 그리고 조금 있다가 한 사람이 들어왔다.

"고생혔다."

양 동무란 사람이 말했다.

"야아."

그 사람은 건성으로 대꾸하며 주머니에서 종이 뭉치를 꺼내더니 등잔 옆으로 바짝 붙어 앉았다. 흐린 불빛에 드러난 얼굴이 앳돼 보였다.

"곤헌디 그냥 자지 또 글공부여?"

양 동무 옆에 앉은 사람이 말했다.

"주무시씨요, 나야 안 곤헌께라."

앳된 얼굴이 말했다. 그 얄팍한 책자는 문맹을 없애기 위해 안창민이 만든 교재였다.

"참말로 지성이다."

"그리허면 대장님맹키로 될 날이 올 거이다."

두 사람은 화답하듯 말하고는 각기 흙벽에 등을 기댔다.

그 앳된 얼굴은 열일곱 살 먹은 천점바구였다. 왼쪽 볼에 콩알

만 한 점이 있어 붙은 이름이었다. 군당 야산대에서 가장 나이 어린 그는 백정의 아들이었다. 그는 대물림을 해야 할 칼잡이의 길을 뿌리치고 입산한 대표적인 기본출이었다. 그는 꿈이 염상진 대장처럼 되는 것이어서 별명이 '새끼 대장'이었다. 그 이야기를 들은 염상진은 그와 마주칠 때마다 어깨나 머리를 쓰다듬고는 했다. 까막눈인 그가 공부를 열심히 하는 것도 그 꿈을 이루기 위해서였다.

산 아래 율어 본부에는 염상진이 안창민과 함께 앉아 있었다. 염상진은 나흘 전에 도당으로 떠났다가 오늘 해 질 녘에 돌아왔다. 도당의 출두 지령은 선요원을 통할 수 없는 중요한 문제가 있음을 의미했다.

"내가 떠나야 하는 건 도당의 결정이오. 내가 어디서 무슨 사업을 할지는 아직 모르겠소. 도당은 내가 군당을 떠나야 한다는 것만 결정했고, 그에 따른 간부직 개편을 요구했소. 그래서 안 동무를 군당 위원장으로, 그동안 내가 겸하고 있던 벌교책에 하 동무를 천거해서 도당의 승인을 받았소. 하대치 동무를 벌교책으로 천거하면서 강동식 동무가 마음에 안 걸린 것도 아니오. 그 두 동무는 누구를 선택하기 어려울 정도로 조건과 능력이 비슷하오. 그런데도 하대치 동무를 천거한 건 강동식 동무가 지난날 저지른 과오 때문이오."

염상진은 또박또박 말했다.

"이거 참, 전혀 자신이 없는데요."

안창민이 안경을 밀어 올렸다.

"그 생각도 무리는 아니오. 그러나 안 동무가 부대를 지휘할 자격과 능력이 있음을 나는 확고하게 믿고 있소. 이제 하는 말이지만, 안 동무가 다리에 총상을 입고 병원까지 찾아간 걸 보고 난 기가 질렸었소. 다른 동지들을 보내고 혼자만 남은 용기나, 혼자 쫓기는 상황에서 우회할 것을 결정한 판단이나, 그 먼 길을 돌아 병원까지 도착한 의지나, 모두 나를 경탄시켰소. 안 동무가 보인 그 불굴의 투지는 모든 대원들을 감동시켰소. 하대 치 동무는, 안 동무가 그리 장하고 무서운 사람인 줄 몰랐다는 말을 서너 번씩이나 했소. 그리고 안 동무는 학습을 통해서 모 든 대원들의 존경과 신뢰를 받고 있소. 안 동무, 스스로를 의심 하지 말고 믿으시오."

"제가 최선을 다하는 거야 기꺼이 할 수 있는 일입니다만, 대 장님을 믿고 따르던 대원들이 저에게 만족하지 못할까 봐 걱정 입니다."

"우리 조직은 당의 위대성 아래 뭉쳐 있지 어떤 개인의 소영웅 적 영향력으로 뭉쳐 있는 게 아니오. 우리 대원들이 다소 서운한 맘을 가질지는 몰라도 투쟁 의욕 저하까지는 초래하지 않을 것이 오. 그리고 그런 문제가 일어나지 않도록 떠나기 전에 내가 최선 의 노력을 하겠소."

"그럼 언제 떠나시게 됩니까?"

"모레요."

"도당에 무슨 변동이 생기는 모양이군요."

"도당보다 더 넓은 범위에서 변화가 생기는 것 같소. 이현상 동 지가 지리산에 유격 사령부를 구축함에 따라 다소의 조직 개편이 필요한 것 같소."

"당의 최고 간부인 이현상 동지가 그런 활동을 전개하게 된 건 더 높은 차원의 전략 전술과 연계된 것이겠죠?"

"물론이오."

"혹시 그런 변화가 미군 철수를 계기로 그것에 대응하기 위한 건 아닐까요?"

"나도 그 점을 생각해 보았소. 그러나 그건 여러 이유들 중 하나는 될 수 있어도 절대적인 이유는 아닌 것 같소. 현시점에서 우리 쪽과 저쪽의 상황을 냉정하게 살펴볼 필요가 있소. 우리 쪽부터 살펴보자면, 이제 제주도 투쟁은 꺼진 불이나 마찬가지가 됐소. 적들은 제주도의 토벌 사령부를 해체하면서 그 병력을 지리산 일대에 투입하고 있다는 정보요. 그리고 지리산 투쟁도 그동안 많이 약화된 게 사실이오. 적들은 지방 야산대보다 지리산을 집중 공략해 왔고, 그 결과 지리산 병력은 지휘관인 김지회 동지와 홍순석 동지를 잃는 손실을 겪었소. 이런 우리의 상황을 놓고 적의 상황을 살펴봐야 할 거요. 안 동무는 미군의 철수 원인을 어떻게 보고 있소?"

말머리가 갑자기 자기에게 돌아오자 안창민은 다소 당황스러웠지만 철군에 대해 이미 생각해 본 점은 있었다.

"……미군이 철수한 이유는 두 가지가 아닐까 합니다. 첫째는 소련을 비롯한 국제 여론 때문일 테고, 둘째는 이승만 정권이 자기네 없이도 유지될 수 있으리라 생각했을 거라는 점입니다. 그러나 500명의 군사고문단을 남겨 둔 걸 보면 그 생각이 확고한 건 아니라고 여겨집니다. 그렇다 해도 군경의 무력 강화는 어느 정도 끝냈다고 봐야 할 겁니다."

"정확한 판단 같소. 이승만은 미군 철수로 인한 불안 요인을 없애려고 병력을 총동원해서 우릴 공격하게 돼 있소. 그런데 이승만은 반민특위 습격, 김구 살해, 농지개혁 공포 등 인민의 반감을 사는 행위를 계속하고 있소. 그건 우리에게 백만 대군을 보내 준 것이나 다름없는 고마운 어리석음이오. 이런 시기에 당이 어떤 결정을 내렸다면 그야말로 복합적인 효과를 낼 수 있는 현명한 판단일 거요."

"그렇습니다. 우리에게 유리하게만 보자는 것이 아니라 이승만 정부에 대한 인민들의 분노는 쌓일 대로 쌓여 있습니다. 이 상황을 어떻게 우리의 투쟁으로 연결시키느냐가 중요한 문제라 여겨집니다."

"맞소, 도당에서 그 문제를 심각하게 토의하고 있소. 참, 손승호는 어찌 됐소?"

"전혀 파악이 안 된다는 보곱니다."

"딱한 사람 같으니라고, 어디로 간 걸까? 갈 만한 데가 없는

데……."

염상진은 눈을 내리감으며 중얼거렸다.

"혹시 김범우 형을 찾아간 게 아닐까요."

"김범우?" 염상진이 눈을 뜨며 자리를 고쳐 앉고는 "그럴지도 모르겠군. 그 자리를 피하려고 직장까지 버리고 자취를 감춘 게 그 사람의 진실이오. 내가 그 사람의 전향을 반동으로 단정하지 않았던 것도 그 진실을 짐작했기 때문이고, 이번 일로 그 사람은 내게 그 진실을 보여 준 셈이오."라고 말하는 그의 얼굴에는 아쉬워하는 빛이 서려 있었다.

이튿날 11시에 간부 회의가 열렸다. 염상진 오른쪽에 이해룡·오판돌이 앉았고, 왼쪽에 안창민·하대치가 자리 잡았다.

"오늘 모임은 회의라기보다 당의 결정 사항을 전달하는 자리입니다. 당의 결정에 따라 나는 오늘부로 군당 위원장에서 물러남과 동시에 군당을 떠나게 됩니다."

하대치가 "워메!" 하는 소리를 토했고, 오판돌이 "무, 무슨……."이라며 더듬거렸고, 이해룡이 "대장님!" 하며 눈이 휘둥그레졌다.

"따라서 당은 군당 위원장에 안창민 동무를, 벌교책에 하대치 동무를 각각 결정했습니다."

"아이고메 대장님, 지 같은 무식헌 것이 어찌 그런 책임을 맡을 수 있간디요."

하대치가 두 팔을 내저었다.

"하 동무는 절대 무식하지 않소! 하 동무가 겸손한 생각으로 스스로를 낮추는 건 좋지만, 만약 하 동무의 마음속에 정말 그런 생각이 박혀 있다면 그건 곤란한 문제요. 첫째는 당에 대한 모독이며, 둘째는 혁명 의식을 약화시키는 패배주의기 때문이오. 하 동무가 정말 무식하다면 당이 왜 입당을 허락했겠소."

소학교만 나온 하대치의 의식 속에 자리 잡고 있을지 모를 열등감을 이 기회에 몰아내야 한다고 생각한 염상진은 몰아치듯 말했다.

"고런 뜻이 아니고라, 지가 배움이 짧은께로 허는 소리구만이라. 지가 어찌 당을 모독허고, 뭐 헐 지랄이 없어서 패배주의를 허겄는가요."

하대치는 빠르게 말을 해치웠다.

"혁명은 배움의 길고 짧음이 아니라 의지의 강철 같음과 피의 뜨거움으로 하는 것이오. 하 동무는 그 누구보다 강한 의지와 뜨거운 피를 가지고 있소. 그러니까 배움이 짧다는 생각도 당장 버리시오."

"알겄구만이라, 대장님."

하대치는 염상진에 대한 고마움이 울음으로 복받쳐 올라 아랫입술을 물며 부르르 떨었다. 대장은 모든 걸 당의 결정이라고 말하지만, 당이 결정하기 전에 대장의 추천이 있어야 한다는 건 누구나 아는 사실이었다. 감히 엄두도 낼 수 없는 벌교책이 된 감격에 앞서 자신을 그토록 믿어 준 대장에 대한 고마움이 온몸의 살을 떨게 했다.

"두 사람이 새로운 임무를 맡게 된 것을 박수로 축하합시다."

다섯 사람은 일어서서 박수를 치기 시작했다. 박수 소리는 7월 뙤약볕 속으로 길게 울려 퍼졌다.

곧 참호마다 보초 한 명씩만 남겨 놓고 모든 대원이 국민학교 운동장에 모였다.

"친애하는 보성군당 혁명 동지 여러분! 오늘 이 자리는 당의 결정 사항을 여러분 앞에 기쁜 마음으로 보고드림과 동시에, 나 개인으로서는 여러분과 섭섭함을 나눠야 할 자리이기도 합니다. 여러분, 당의 결정에 따라 나는 오늘부로 군당 위원장을 물러나면서, 군당을 떠나게 됩니다."

대열 속에서 웅성거림이 일었다. 염상진은 말을 중단할 수밖에 없었고, 이해룡의 손짓으로 대열이 잠잠해졌다.

"당의 명령을 받들어 나는 새로운 일을 맡게 될 것이고, 새 군당 위원장은 안창민 동무, 그리고 새 벌교책은 하대치 동무가 맡게 되었습니다."

아까보다 더 큰 웅성거림이 일어났다. 염상진은 안창민과 하대치를 단상으로 오르게 했다.

"동지 여러분! 두 동지의 새 임무 수행을 다 같이 박수로써 접수합시다."

염상진의 말에 따라 일제히 박수를 치기 시작했고, 안창민과 하대치는 대원들에게 인사했다. 길게 이어지던 박수가 끝나고 두 사람은 단상을 내려갔다.

"친애하는 보성군당 혁명 동지 여러분! 갑작스러운 변동에 다소 놀랐을 줄 압니다. 그러나 놀라지 마십시오. 우리의 혁명 사업을 더 효과 있게 하기 위해 당이 결정한 일이기 때문입니다. 안창민 동무는 우리 군당의 비밀 당원으로서 그 투쟁 경력이 혁혁하며, 적진에서 다리에 총상을 입고도 끝끝내 부대로 돌아온 사실은 동지 여러분도 똑똑하게 기억하고 있을 겁니다. 우리는 일찍이 안 동무의 그 무서운 책임감, 그 뜨거운 동지애, 그 위대한 투쟁 정신에 얼마나 감격했습니까. 안 동무는 그런 강철 같은 투쟁 경력뿐만 아니라 당 이론에도 뛰어나다는 것은 학습을 받은 여러분이 더 잘 알 것입니다. 그런 안 동무가 군당 위원장을 맡게 되어 한없이 마음 든든합니다. 하대치 동무도 그 투쟁 경력이나, 당성이나, 투쟁 능력에 있어 모범적인 당원이며, 뛰어난 전사입니다. 그런 하 동무가 벌교책을 맡게 된 것 역시 한없이 마음 든든하게 생각합니다. 동지 여러분! 군당을 떠나더라도 나는 언제나 여러분과 함께 투쟁하는 혁명 전사이며 혁명 동지라는 사실을 잊지 마시기 바랍니다. 우리 군당은 지금까지 과감한 투쟁을 전개했으며, 지하조직 확대에도 큰 성과를 올렸습니다. 그 모두가 동지 여러분의 힘과 노력 때문이라는 것을 나는 압니다. 보성군당 혁명 동지 여러분! 앞으로 더 열렬한 투쟁을 전개하여 우리 군당의 전통을 지키겠다는 맹세를, 우리 군당의 혁명 구호를 다 같이 외치면서 다짐하도록 합시다. 선창할 테니 힘차게 복창합시다. 뭉치자, 혁명의 깃발 아래!"

"뭉치자, 혁명의 깃발 아래!"

함성과 함께 100개가 넘는 주먹 쥔 팔들이 하늘로 치뻗어 올랐다.

"싸우자, 혁명의 그날까지!"

"싸우자, 혁명의 그날까지!"

우렁찬 외침이 사방을 에워싼 산줄기로 울려 나갔다.

"싸우자, 혁명의 새 나라를!"

"싸우자, 혁명의 새 나라를!"

외침을 뒤따라 박수 소리가 터졌다. 박수를 치고 있는 사람들의 얼굴에는 처음에 나타났던 놀라움이나 당황스러움은 간 곳이 없었다. 박수 속에서 염상진은 천천히 단상을 내려섰다. 서쪽으로 기운 해의 엇비낀 햇살을 받고 있는 그의 모습은 유난히 뚜렷하고 커 보였다. 눈물이 줄줄 흐르는 눈으로 그런 염상진의 모습을 바라보고 서서 누구보다 열렬하게 박수를 치고 있는 앳된 얼굴이 있었다. 천점바구였다.

　염상진은 이튿날 일찍 석거리재 쪽 산줄기를 넘어 그 모습을

감추었다.

그날 오후에 강동식은 사촌 동생 강동기의 참호를 굳이 찾아
갔다.

"니 묻는 말에 똑똑히 대답혀라."

소나무 아래 자리를 잡자마자 강동식이 한 말이었다. 강동기는,
아이고메 탈 났네, 하는 생각으로 바짝 긴장했다.

"니 형수가 상구 놈헌테 당헌 것이 사실이냐?"

"야아."

"애 밴 것도?"

"야아."

"저수지에 빠졌다가 살아난 것도?"

"야아……."

"알겠다!"

강동식이 벌떡 몸을 일으켰다. 그 몸짓에서 찬바람이 획 끼쳐 왔다.

"아이고 성님, 어쩌실라고라?"

강동기는 형의 팔을 덥석 붙들었다.

"놔라."

강동식이 앞을 바라본 채 말했다.

"성님, 참으시씨요, 참어야 쓰요."

"말 씹히지 말어라. 내가 다 알어서 헐 팅께."

"성님, 분허고 원통허지만, 인제 참어야제 어쩔 것이요."

"니도 남이다."

"야아?"

"비켜나그라!"

강동식이 팔을 뿌리쳤다.

"아이고메 성님, 참어야 쓴당께요."

강동기가 다시 팔을 붙들었다.

"니가 그 꼴 당혔으면 참겄냐."

강동식이 비로소 동생의 눈을 응시했다. 강동기는 주춤했다.

"못 참제라."

"근디 니는 무슨 소리여!"

"그때야 성님이 날 말려야제라."

"무슨 미친 소리여, 시방."

강동식이 얼굴을 돌려 버렸다.

"성님, 안 참아도 좋은께 우선 앉어서 담배나 한 대씩 꼬실리고 봅시다."

강동기가 형의 팔을 끌어당기자 강동식은 한숨을 토하며 털퍼덕 주저앉았다.

"성님, 어쩌실라고요?"

강동기가 담배를 말아 내밀며 물었다.

"죽일란다!"

강동기는 형의 마음을 이미 알고 있었기 때문에 그 말에 놀라지 않았다.

"그럼, 혁명이고 뭐고 다 때려 칠 맘이구만이라?"

"무슨 소리여?"

강동식이 동생을 돌아보았다.

"성님, 혁명이란 사사로운 원수를 갚는 것이 아니라 인민의 적을 없애는 것이라고 학습에서 안 가르칩디여? 개인 감정으로 사람을 해치는 거는 혁명 전사가 아니라 혁명의 적이라고."

"하나만 알고 둘은 모르는 소리다. 그놈은 못된 짓을 수없이 저지른 인민의 적이다. 그놈을 죽이기만 허면 내 원수도 갚음서 인민의 원수도 갚는 것이다."

"허, 듣고 봉께 그러요이." 강동기는 얼굴이 밝아졌다가는 "근디, 고것이 대장님 친동생이라, 죽이면 대장님이 어찌 생각허실지 껄쩍지근 안 허요?" 하며 이내 시무룩해졌다.

"니 시방 무슨 소리여? 아까 니가 헌 말 똥 딲기 혀 부렀냐! 사사로운 정리로 혁명 의식을 망각하거나 혁명 투쟁을 약화시켜서는 안 된다는 것 말이여. 누가 그놈을 죽였어도 대장님은 터럭 끝만치도 섭해허딜 안 혔을 거이다."

"참말로 그럴께라?"

"하먼, 안 그러면 대장 자격이 없는 거이다."

"그러면 진작 그놈을 황천길로 보낼 일이제 어째 대장님이 떠난께로 일을 벌일라 허시요."

"때를 기다리고 있던 참인디 대장님이 갑자기 떠나게 된께 바짝 맘이 동헌 것이지야. 내 맘 모르겠냐?"

"그 맘이야 알겠소. 근디 성님이 행여나 하대치헌테 뒤처져 벌교책이 못 된 섭헌 맘까지 합해져 그러는 것이 아니다냐, 허는 생각이 든단 말이요."

"그려, 나도 대장님헌테 그 말 미리 들었을 적에 섭헌 생각이 불끈 혔다. 근디 안창민 동무 죽을 뻔헌 과오를 저질러서 내가 뒤처졌단 말 듣고 섭헌 생각은 깨끔허니 가셔 뿌렀다."

"알겄소. 근디 혼자 나설 요량은 마씨요. 나도 성님 도울랑께요."

"동생, 말이라도 고맙네."

강동식은 어금니를 맞물며 먼 데로 눈길을 보냈다.

22

8월의 들녘

7월이 지나 8월에 이르면서 햇빛은 불볕이 되어 지글거렸고, 들녘의 푸름은 흰 천을 담갔다가 건져 내면 금세 초록빛 물이 들 것처럼 한고비를 이루었다. 멀리서 바라보노라면 누구나 절로 감탄을 흘릴 만큼 아름답고 풍요로운 경치였다. 그러나 그 속에 박혀 있는 농부들에게는 숨길 헉헉 막히고 살 껍질이 타드는 힘겨운 일터일 뿐이었다.

그즈음이면 논에는 벼와 함께 사는 것들이 많기도 했다. 크고 작은 개구리들이 버글거렸고, 한창 자라고 있는 메뚜기들이 볏잎 사이에서 소란스러웠고, 개구리를 노리는 물뱀들이 벼 포기 사이를 헤엄쳤고, 하루살이나 작은 날것들이 볏잎 뒤에 붙어서 밤을 기다렸고, 그것들이 걸려들기를 기다리며 볏잎과 볏잎 사이에 줄을 쳐 놓은 물거미가 몸을 숨기고 있었고, 피를 빨 농부의 다리가 나타나기를 기다리며 거머리가 물속에 웅크리고 있었고, 우렁이 꿈지럭거리며 물속을 기었고, 물방개가 매끄러운 몸뚱이를 뒤뚱거리며 헤엄쳤고, 소금쟁이가 미끄러지듯 물 위를 달렸다. 참새는 아직 떼 짓기가 이르고, 제비들만 논 위를 날았다. 한창 식욕 왕성한 새끼들의 배를 채워 줄 메뚜기며 잠자리 같은 먹이가 논에는 얼마든지 마련되어 있었다. 아이들은 여름 한낮의 무더위에 겨워 새끼 제비들 짹짹거리는 소리를 자장가로 들으며 잠이 들었고, 배고픔에 부스스 잠을 깨면 새끼 제비들은 여전히 노오란 입들을 짝짝 벌려 대며 먹이다툼을 하고 있었다. "느그는 좋겄다, 배 터지게 먹은께." 아이들은 새끼 제비를 부러운 눈길로 올려다보고는 부엌으로 가 물 한 바가지로 점심 굶은 빈속을 채우고는 했다.

논에는 벼와 함께 사는 것들이 그리 많았지만 아이들은 별로 논두렁을 타지 않았다. 아직 새를 볼 때가 아닌 데다 메뚜기도 볶아 먹을 만큼 크지 않았고, 우렁도 새끼가 슬어 맛이 없었다. 더위가 기승을 부리기 시작하면서 아이들은 거의가 방죽 너머 갯가로 몰려갔다. 거기에는 더위를 식혀 주는 바닷물이 있었고, 뻘밭에는 꽃게가 수없이 많았다. 아이들은 약속이나 한 듯 단지를 하나씩 들고 있었다. 실컷 놀다가도 집으로 돌아갈 때가 가까워지면 거기다가 꽃게를 잡아넣어야 했다. 꽃게를 장에 담그면 좋은 반찬거리가 되었다. 상추쌈에 얹어 먹으면 맛이 고소했고, 식어 빠진 꽁보리밥을 넘기는 데는 더없이 좋은 반찬이었다. 그러나 어른들은 꽃게를 잡을 틈이 없었으므로 꽃게잡이는 아이들의 몫이었다. 그렇다고 꽃게를 잡는 일이 그리 쉽지만은 않았다. 꽃게는 땡볕이 내리쬐는 검은 뻘밭에 마치도 붉은 꽃들이 핀 것처럼 수없이 많이 흩어져 있었다. 그런데 어찌나 눈이 밝고 몸놀림이 빠른지 방죽을 걸어가는 사람 소리에도 순식간에 모습을 감추어 버리곤 했다. 꽃게를 쫓아가서 잡으려 하다가는 종일 한 마리도 잡기 어려웠다. 하지만 아이들은 꽃게 잡는 법을 알고 있었다. 단지와 넓적한 나무 막대기를 들고 뻘밭으로 들어선 아이들은 뻘밭에 뚫린 구멍을 찾았다. 그리고 그 깊이를 어림해서 나무 막대기를 엇지게 뻘 속으로 찔러 넣고는 두어 번 흔들어 대면 놀란 꽃게가 구멍에서 튀어나오게 마련이었다. 그때를 놓치지 않고 꽃게를 덮쳐 단지에 넣는 것을 한 동작으로 해치웠다.

들몰댁의 두 아들 길남이와 종남이는 열댓 명의 아이들에 뒤섞여 꽃게를 잡느라 정신이 없었다. 짧은 삼베 바지를 입은 길남이는 웃통을 벗은 채 나무 막대기를 뻘 속으로 박느라 기운을 쓰고 있었다. 다른 아이들도 모두 길남이처럼 웃통을 벗고 있었다.

위아랫입술이 말려들어 간 사이로 혀끝을 내민 길남이는 게 구멍을 노려보고 있었다. 왼손으로 막대기를 한 번 더 흔들려는 순간 구멍에서 꽃게가 튀어나왔다. 길남이의 오른손이 그대로 꽃게를 덮쳤다. 그때 자신을 부르는 동생의 소리가 얼핏 들리는 듯싶었다. 그러나 길남이는 손아귀에 든 꽃게를 단지에 넣는 일이 더 급했다.

"서엉, 서어엉! 야 좀 보소!"

울음 섞인 동생의 다급한 목소리였다. 길남이는 소리 나는 쪽으로 고개를 홱 돌렸다. 울고 있는 동생과 그 앞에 서 있는 발가벗은 한 아이의 모습이 보였다.

"야 이놈의 새끼야! 니가 누군디 남의 동생을 패고 지랄이냐. 니 쪼깐 기둘려, 새끼야!"

길남이는 소리소리 지르며 허겁지겁 발을 옮겼다. 마음은 급한데 뻘이 자꾸 발목을 붙들고 늘어졌다.

"니가 소리 지르면서 쫓아오면 어쩔 겨! 한번 뛰겄다 고것이여!"

동생을 때린 놈은 발가벗은 채 버티고 서서 덤빌 테면 덤벼 보라는 식이었다.

"성, 저것이 내가 잡은 게를 채틀어 뿔고, 내놓으랑께 막 팼다네."

동생이 콧물을 훌쩍이며 일렀다.

"니, 참말이여!"

길남이는 상대방을 노려보며 내쏘았다.

"그리고 빨갱이 놈 새끼라고 욕험스로 팼어, 성."

동생이 덧붙인 말이었다.

"참말이다, 어쩔래!"

상대방의 당당한 대꾸였다. 길남이의 속은 이미 뒤집어져 있었다.

"니, 그 욕도 참말이여!"

눈을 부릅뜬 길남이는 두 주먹을 힘껏 말아 쥐었다. 상대방이 자기보다 몸집이 약간 크다는 것도 '빨갱이 놈 새끼'라는 욕 앞에서는 하나도 마음에 쓰이지 않았다.

"참말이다, 요 빨갱이 놈 새끼야. 빨갱이 놈 새낀께 빨갱이 놈 새끼라고 불렀는디, 니가 날 어쩔겨!"

"빨갱이, 빨갱이 허지 말어, 주딩이를 찢어 놓기 전에!"

길남이는 부르르 떨며 소리 질렀다.

"요런 주먹댕이만 헌 새끼가 어따 대고 까불어. 니 맛 좀 볼래!"

상대방이 먼저 주먹을 날렸다. 이 나쁜 놈아 어디 붙어 보자. 길남이는 주먹을 피하고는 박치기로 상대방 가슴을 떠받았다. 몸집이 큰 것만 믿고 덤비던 상대방이 벌렁 뒤로 나자빠졌다. 길남이는 그 위에 올라타 주먹을 휘둘렀다. 상대방은 위기를 모면하려고 팔다리를 버둥거리며 안간힘을 썼다. 아이들은 게잡이를 멈추고 싸움구경에 열중해 있었다. 길남이는 왼손으로 상대방의 목을 누르고 오른쪽 주먹으로는 얼굴을 갈겨 댔다. 상대방도 다리를 버둥거리며 주먹질을 했지만 길남이는 맞는 것은 아랑곳하지 않고 때리는 것에만 온 힘을 쏟았다. 목이 졸리며 얼굴을 집중 공격당한 상대방의 저항은 오래가지 못했다.

"코피 터졌다, 길남이가 이겼다!" 아이들이 합창하듯 소리쳤고, 종남이는 좋아서 몸을 들까불었다.

"야 이 새끼야, 우리 아부지가 느그 집에 잘못헌 거이 뭐가 있나! 있으면 말혀 봐!"

길남이는 상대방을 올라탄 채 소리쳤다.

"없어."

상대방의 기운 빠진 소리였다.

"근디 어째서 아새끼가 어른을 욕허냐!"

"빨갱잉께로……."

"야 이 새끼야, 잘못헌 거 없담시로 욕혀?"

길남이가 주먹을 치켜 들었다.

"아녀, 아녀, 다시는 안 그럴 겨."

상대방이 두 손바닥을 모았다.

"한 번만 더 까불면 그땐 참말로 아가리를 찢어 놓을 것이여!"

길남이는 침을 뱉으며 일어났다. 그러나 싸움에 이겼다는 생각

은 들지 않고, 가슴 가득 슬픔만 차올랐다.

길남이와 종남이는 중도 들판 개울둑을 나란히 걸었다. 꽃게 단지는 종남이가 꼭 끌어안고 있었다.

"성이 지면 나도 뎀빌라고 작대기 꼬옥 잡고 있었네."

동생의 말에 길남이는 픽 웃었다.

"성은 어째 그리 쌈을 잘허는가? 성보다 큰데도 이겨 뿔고. 나 엄니한테 자랑해야제."

길남이가 우뚝 걸음을 멈추었다.

"니, 엄니헌테 찍소리 말어."

"어째?"

종남이는 이상하다는 얼굴로 형을 올려다보았다.

"아부지 일로 쌈헜다면 엄니 속상헌께로."

"성이 아부지 욕허는 놈 막 패서 이겨 부렀는디도?"

"시키는 대로 혀. 안 그러면 다시는 데리고 댕기지 않을 것잉께로."

길남이는 동생을 무섭게 노려보았다.

"알았어, 성 시키는 대로 헐게."

종남이가 고개를 떨어뜨리고는 형이 왜 저렇게 화를 내는지 모르겠다고 생각했다.

조합장실에서 유주상과 세무서장 최익도가 불만스런 얼굴로 이야기를 나누고 있었다.

"지주 출신 국회의원이 절반이나 되는데도 농지개혁법이 통과된 걸 보면, 그 사람들도 더 이상은 버틸 재간이 없었다는 뜻 아닙니까."

유주상이 떫은 입맛을 다셨다.

"아무리 그래도 그놈의 법을 통과시킨 건 지주 출신들이 다 핫바지 저고리란 뜻밖에 더 됩니까?"

최익도가 성질을 돋우었다.

"어쩌겠소, 해방이란 것이 되자마자 작인이란 것들은 제 놈들 세상 만난 것처럼 설쳐 대고, 좌익들은 토지의 주인은 지주가 아니라 인민이라고 떠들어 대며 작인 놈들 똥구멍에 바람 넣고, 그 위태위태한 속에서 이만큼이라도 끌어온 게 다행이라면 다행인지도 모를 일이요."

"내 생각은 그와 반대요. 그동안 이런저런 고비 잘 넘기면서 농지개혁을 눌러온 판에 더 바짝 눌러서 그대로 밀고 나갔어야지, 그놈의 법을 통과시킬 필요가 없었다 그것이요. 그동안 빨갱이들 힘은 약해졌고, 반대로 우리 쪽 경찰이나 군인들 힘은 막강해졌는데 뭐가 무서워 그놈의 법을 통과시키냐 그 말이요. 이 대통령이 그놈의 법을 빨리 통과시키라고 국회에 계속 압력을 가했다는데, 그 영감도 당최 믿을 사람이 못 돼요. 자기가 누구 덕에 대통령이 된 건데."

"최 서장님 말도 맞소. 허나 그 영감은 자기 정권이 언제 엎어질지 몰라 겁을 먹은 거요. 자기 정권을 지키기 위해선 수많은 작인들이 공산당 편을 들지 못하게 해야 하는데, 완력만으로 안 되니까 결국 농지개혁을 할 수밖에요."

"그건 하나만 알고 둘은 모르는 생각이요. 농지개혁만 하면 작인들이 다 빨갱이한테서 등 돌리고 자기 편이 될 줄 알았겠지만, 작인 놈들 허는 짓거리 좀 보시오. 이북 빨갱이식으로 무상몰수에 무상분배를 하지 않는다고 지랄 발광들 치는 꼴 말이요. 그런 것들을 상대로 신사적인 방법을 쓰겠다는 것인데, 어림없는 소리요. 그것들은 그저 일정 때처럼 주먹으로 닦달해서 꼼짝달싹 못하게 다뤄야 한다 그것이요."

"최 서장님 말이 백번 옳아요. 허나 이미 활시위를 떠난 화살이요. 지금 형편으론 그놈의 화살에 맞지 않게 피하는 게 상수 아닌가요? 완전히 피할 수야 없겠지만, 심장에 맞느냐, 배에 맞느냐, 허벅지에 맞느냐, 하는 건 아주 큰 차이 아니겠소? 우선 토지가 아니라 농지로 국한되고, 무상몰수에 무상분배를 면했으니까 지주들은 심장에 정통으로 화살을 맞을 위기는 피한 셈이요. 그것이나마 다행으로 생각하고, 이젠 더 피해를 줄일 방도나 찾는 게 상책이 아닐까 싶소."

유주상이 기름기 도는 두툼한 얼굴에 묘한 웃음을 피워 올리며 최익도를 건너다보았다.

"그야 더 이를 말이요. 어디 유 조합장한테 무슨 좋은 생각이 있으시요?"

최익도는 앉음새를 고쳤다. 그가 일삼아 유주상의 사무실로 발걸음을 한 것이 바로 그 문제 때문이었다. 사촌 형 최익달은 작년부터 전답의 명의를 처가 쪽 사람들 앞으로 바꾸거나 팔아 치웠다. 그 일로 작인들의 불만을 사기는 했지만, 이제 와서 생각하면 사촌 형이 얼마나 현명하게 대처한 것인지, 그저 부러울 뿐이었다. 그렇게 눈치 빠른 앞가림을 해 나간 지주들이 적지 않았다. 어떤 지주는 자기 돈을 5부로 빌려주는 조건으로 작인들에게 논을 억지로 떠넘기는 바람에 욕을 있는 대로 먹기도 했다. 그런 모양들을 자신은 태평한 마음으로 구경만 했다. 시끄럽기만 하지 농지개혁은 결국 안 되리라는 믿음 때문이었다. 그런데 농지개혁이 닥치고 보니 아무리 머리를 짜내도 피해를 줄일 좋은 방법이 없어서 머리 잘 돌리는 유주상을 찾아온 것이었다.

"글쎄요, 날마다 궁리를 한다고 하는데, 똑별난 방도가 떠오르지 않는단 말입니다."

유주상의 말은 거짓이 아니었다. 그는 밤잠을 설쳐 가면서 그 방법을 찾아내는 데 골몰했지만 묘안은 떠오르지 않았다. 그 대신 서운상에게 논을 산 일이 속 쓰린 후회로 가슴을 긁어내렸다. 이자가 이자를 물고 들어오는 돈장사에 비하면 땅 가지고 소작 놀이 하는 건 선하품 나오는 장난에 불과했다. 그런데도 논을 사 들인 것은 논값이 워낙 헐했던 까닭이었다. 주판알을 튕겨 보니 돈장사보다 나았고, 소작 놀이가 성가시면 제값을 받고 되팔아도 이문이 큰 장사였다. 농지개혁법이 언젠가는 만들어지겠지만, 그 처럼 급하게 닥칠지는 그도 미처 예상하지 못한 일이었다.

"똑별난 생각이 없다면, 유 조합장님은 앉은자리에서 당할 참 이시요?"

최익도는 유주상을 빠히 보았다.

"그럴 수야 있소? 더 생각해 보고 정 똑별난 생각이 없으면 다 른 지주들처럼 해서라도 재산을 지켜야지요."

유주상은 이미 제3자 앞으로 명의를 바꾸는 방법과 작인들에 게 떠넘기는 방법을 놓고 저울질해 오고 있었다. 작인들에게 떠 넘길 경우 값이 시세보다 월등하게 싸면 모를까 제값을 받을 수 는 없는 일이었다. 그 방법은 이미 때를 놓친 것이다. 그러면 명의 변경을 하는 방법뿐인데, 타향이라 믿을 만한 사람들을 고르기 가 어려웠다.

"유 조합장님을 만나 보면 무슨 좋은 수가 있을 줄 알았는 데…… 그만 일어나야겠습니다."

최익도가 더디게 몸을 일으켰다.

최익도가 막 문을 나서려는 참에 염상구가 더위를 묻힌 얼굴로 들어섰다.

"서장님 와 계셨구만이라?"

염상구가 최익도에게 고개를 꾸벅했다.

"어서 오시게. 그건 뭔가?"

최익도가 염상구의 손에 들린 종이를 눈짓으로 가리켰다.

"야아, 요것 단장님헌테 보고드릴라고 왔구만이라. 삐라가 또 동네마다⋯⋯."

"내용이 또 뭐요, 어디 봅시다."

유주상이 얼굴을 찌푸리며 손을 내밀었고, 최익도는 다시 의자에 주저앉았다.

인민 여러분, 속지 맙시다!

다 같이 뭉칩시다!

그리고 일어납시다!

미 제국주의 괴뢰정권을 쳐부수고, 모든 인민의 적인 지주들을 쳐 없애기 위하여!

농지개혁법은 인민을 죽이려는 악법이다!

이런 문구의 큰 글자들이 삐라의 거의 반을 차지하고 있었고, 그 아래로 작은 글씨들이 적혀 있었다.

"빌어먹을 빨갱이 놈들! 다 쳐 죽여야 하는데."

유주상은 이빨을 뿌드득 갈아붙이며 삐라를 마구 구겨 버렸다.

"그러게 말이요. 빨갱이 놈들을 다 잡아 죽이는 무슨 방도가 없을까."

최익도가 얼굴을 일그러뜨리며 일어나서는 밖으로 나갔다.

"삐라는 다 수거됐소?"

유주상은 청년단장으로서의 책임감으로 물었다.

"야아, 담배 말아 피던 것까지 다 뺏었구만이라."

"그러나 깊이 감추고 있는 게 아직 남아 있을 게요. 적발하기도 어렵고, 이거 참 문제로군."

유주상이 중얼거렸다. 삐라는 작인들에게 큰 영향을 미칠 게 분명했다.

"염 부장, 전답 가진 게 있소?"

유주상이 불쑥 물었다. 삐라를 보면서 그는 명의변경을 하는 쪽으로 생각을 굳혔다. 그리고 염상구를 첫 번째로 이용하자는 생각이 떠올랐던 것이다. 사람이 사나운 반면 생각이 단순하고 주먹 패다운 의리가 있지 않은가. 더욱이 청년단으로 묶어 있으니 얼마나 믿을 만한가. 그의 속 빠른 계산이었다.

"전답이라고라?"

염상구는 유주상의 말뜻이 얼른 잡히지 않아 미심쩍은 얼굴로 되물었다.

"내가 도움을 좀 청할 일이 있어서 묻는 거요."

"나 겉은 놈이 전답 지녔을 리가 있간디라. 그냥 맨주먹이제라."

나는 돈을 좋아허제 그까짓 전답은 안 좋아허요, 하는 말이 나오려는 것을 염상구는 꾹 참았다. 일찍이 도망 다니는 생활 속에서 뼈가 굵은 그는 남자의 세상살이가 돈과 주먹의 세기에 달려 있다고 믿게 되었고, 해방이 되면서 권력 조직에 끼어든 뒤로는 주먹의 자리에다 권세를 바꿔 놓게 되었다.

"마침 잘되었소. 한 가지 부탁이 있는데 들어주겠소? 염 부장한테야 아무 손해 없는 일이니까."

유주상은 일단 계산을 끝낸 이상 그다운 적극성으로 일을 몰아대고 있었다.

"무슨 부탁인지 모르겄제만, 나헌테 손해 없이 단장님 좋아지는 일이라면 돕고말고라."

그때까지도 염상구는 유주상의 부탁이 무엇인지 종잡지 못하고 있었다.

"내 논 얼마를 농지개혁이 끝날 때까지 염 부장 앞으로 명의변경을 해 달라는 부탁이요. 물론 사례는 하겠소."

유주상은 끝말에 힘을 주었다.

"그까짓 이름 석 자, 단장님 위허는 일에 어째 못 빌려드리겠소."

염상구는 흔쾌히 응답했다. 그러나 사례를 그만두라는 말은 하지 않았다.

"염 부장, 고맙소. 이따 저녁때 다시 들러 주시오. 사례금을 준비해 두겠소."

유주상은 역시 내 판단이 기막히지, 하며 스스로가 더없이 만족스러웠다.

"그럼 이따가 오겄구만요."

염상구가 기분 좋은 얼굴로 일어섰다. 저런 단순한 물건 서넛만 더 있어도 일은 깨끗이 해결 나는데. 유주상은 밖으로 나가는 염상구의 뒷모습을 바라보며 생각했다.

큰길로 나선 염상구는 이빨 사이로 침을 찍 내깔겼다. 생각지 않은 돈이 생기게 되어 기분이 한껏 좋았다. 그는 이미 잔돈푼이 아닌 상당한 재산을 모아 놓은 상태였다. 그는 목돈이 생길 때마다 철저히 간수했다. 그리고 장터거리 술집 주 서방을 새중간에 놓아 이자 놀이를 시켰다. 장터거리 붙박이 장수들은 자기네가 빌린 돈이 염상구 것이라는 사실을 전혀 모르고 있었지만, 염상구는 누가 자기 돈을 쓰고 있는지 환하게 알고 있었다. 놀부 돈은 떼먹어도 주 서방 돈은 못 떼먹는다는 말은 이미 오래전부터 장터거리에 돌고 있었다. 장터거리 장수들은 주 서방이 청년단을 등에 업고 있다고 여겼다. 염상구는 자기가 돈놀이하는 것을 철저히 감추었으므로 소문이 그렇게 난 것이다. 염상구의 꿈은 읍내에서 제일가는 부자가 되는 것이었다. 지게숯장수인 아버지 밑에서 배곯으며 자란 어린 날이 그의 의식에는 여전히 상처로 남아 있었다. 큰아들은 상급 학교에 보내고 작은아들에게는 숯 장사를 시키려 했던 아버지의 우격다짐이 결국에는 그에게 돈 간수하는 법을 깨우쳐 주었다. 아버지가 돈벌이에 대해서 되풀이하던 말 중에서 '돈은 쓰지 말아야 번다.'는 한마디는 그의 머릿속에 또렷하게 살아 있었다. 돈을 모을수록 그 말이 옳다는 것을 그는 확인했다. 그에 따라 아버지에 대한 증오나 미움도 차츰 엷어지고 있었다. 그는 텃세 벌이로 모아들이는 돈은 청년단 운영과 부하들 거느리는 데 사용하며 사사롭게는 한 푼도 욕심내지 않았다. 그러나 음성적 수입은 축내는 일 없이 옹골차게 모으고 불려 나갔다.

광주로 이사 가기를 아예 작파해 버린 정현동은 술도가를 내주고 일본 놈들이 모여 살던 본정통 주변의 왜식 집으로 옮겨 앉았다. 그가 광주로 가지 못한 것은 최익승의 방해 때문만이 아니었다. 백 사령관이란 자가 금족령을 내려 도리 없이 벌교에 주저앉아야 했다. 술도가를 다시 차지하려던 일도 실패로 돌아갔다. 서운상이 건강을 회복할 가망은 전혀 없었지만 그의 아내가 술도가를 내놓으려고 하지 않았다. 서운상의 아내는 시동생과 함께 술도가를 경영할 작정을 하고 있었다.

그 일이 어긋나 찜찜해하던 차에 농지개혁법 공포를 맞게 되었다. 정현동은 그 소식을 누구보다도 반겼다. 농지를 처분한 자신은 걸릴 게 없는 데다, 자신이 갇혀 있을 때 도장 한 번 눌러 주기를 외면했던 유지라는 것들이 당할 꼴을 생각하면 그렇게 속 시원할 수가 없었다. 그러면서 이 북새통 속에서 이득을 볼 만한 일이 뭐 없을까, 하는 쪽으로 신경을 돌렸다. 논밭 값이 병든 소값처럼 곤두박질치고, 지주들이 정신 제대로 못 잡고 허둥거리는 판에 눈 똑바로 뜨고 어느 한 대목만 옳게 잡으면 한밑천 단단히 챙길 수도 있었다. 혼란한 때일수록 빈 구멍이 많은 법이다. 해방이 되었다는 소식으로 세상이 온통 뒤집어지고 있을 때 시세의 반의반 값밖에 안 되는 금붙이를 내놓고 술도가를 차지할 수 있었던 것이 바로 그 증거였다.

정현동은 빈 구멍을 찾기 위해 농지개혁법을 다시 확인했다. 서랍에 고이 모셔 놓은 묵은 신문을 꺼낸 그는 돗자리 위에 배를 깔았다. 힘이 잔뜩 들어간 그의 눈길은 '매수대상 농지' 항목을 거쳐 '매수대상 제외농지' 항목에서 고정되었다. 첫째, 과수원, 종묘포, 삼전 등 다년생 작물 농지. 둘째, 500평 이내의 가정 원예지. 셋째, 정부, 공공단체, 교육기관 등에서 사용 목적을 변경할 필요가 있다고 정부가 인정하는 농지. 넷째, 소작료를 받지 않는 분묘위토로서 묘 1위당 2단보 이내의 농지. 다섯째, 미간척지 및 미개간지 등.

정현동의 눈길은 셋째의 '교육기관'에 박혀 있었다. 농토를 교육을 위해 사용하면 농지개혁에서 제외시킨다? 이것 봐라, 이 구멍 한번 크다. 공짜가 아니라 월사금 꼬박꼬박 받아들이는 판에 교육을 위해 돈을 써? 월사금에서 남고, 농토 빼돌려 남고, 이거야말로 이중 장사 아닌가! 학교 가진 놈들만 살판나지 않았나, 이거. 교육자라고 대접은 대접대로 받아 가며, 이런 기막힌 특전까지 또 받다니, 이게 도대체 말이 되는 소린가. 아니야, 나도 학교 하나 세우고, 똥값 다 된 논 마구 사들여 뒤로 빼돌려 봐? 논은 논대로 남고, 교장 자리는 교장 자리대로 떨어지고. 하아! 학생들을 줄 세워 놓고 일장 훈화를 하는 맛도 괜찮을 거야. 그리고 교육자 집안, 거 참 근사허다! 보기 좋고, 듣기 좋고, 양조장 사장에 비교가 되나. 헌데 학교 하나 세우는 데 돈이 도대체 얼마나 들까? 정현동은 벌떡 몸을 일으켰다. 아니지, 흥분할 일이 아니지. 한 대목이 또 남았으니 세세히 따져 봐야지. 덤벙댔다가는 나만 손해다. 정현동은 다섯째 '미간척지 및 미개간지'에 눈을 고정시켰다. 임야는 따로 표시하지 않았으면서 똑같이 농지가 아닌 미간척지나 미개간지는 왜 따로 표시를 했는지 알 수가 없었다. 미간척지면 뻘밭이고, 미개간지면 산자락 아닌가. 정현동은 미심쩍은 생각이 가시지 않았다. 이거 찜찜해서 안 되겠다, 알 건 알고 넘어가야지. 그는 읍사무소로 전화를 걸었다.

"아, 나 양조장 정 사장인데."

"아이고 이 더위에 전화를 다 허시고 어쩐 일이시당가요?"

상대방의 굽신거림에 정현동은 아직도 건재한 자신의 권위를 확인하며 기분이 썩 좋았다.

"다름이 아니고 농지개혁법 중에 좀 자세히 알아볼 대목이 있어서 그렁마."

"예, 말씀해 보시제라."

"매수대상 제외농지 중에 미간척지 및 미개간지라고 했는데, 그것이 대체 뭘 말허는 것인가."

"아 예, 미간척지는 간척을 허기는 했어도 아직 농사를 지을 수 없는 땅에다가 염전까지 합한 것이고라, 미개간지는 말 그대로 농사를 지을 만한 땅인디 아직 개간이 안 되어 논도 밭도 아닌 땅을 말허는 것이제라."

"그렇구마. 어이, 잘 알었네, 수고허소."

정현동은 전화를 끊으며, 잘들 논다, 요리조리 빼먹을 것은 다 장만했구나, 생각했다. 지주 출신 국회의원들이 얼마나 마지못해

202

그 법을 만들었는지 '매수대상 제외농지' 항목에 환히 드러나 있었다.

간척을 하기는 했는데 간기가 안 빠진 땅이라, 몇 년이 지나 간기가 빠져 농사를 짓게 되면 그때 가서 농지개혁에 추가할 건가? 그럴 리는 없고, 간척지 가진 놈들 팔자 고치게 생겼다. 염전이 빠지는 거야 당연하지. 그게 소금밭이지 곡식밭은 아니니까. 염전 가진 놈들도 애초에 늘어진 팔자에다 이 북새통에 속 편해서 좋겠다. 나도 진작 염전을 하나 가졌어야 하는데. 아니, 가만있거라! 그 논에 바닷물만 끌어대면 염전이 될 거 아닌가. 그래! 정현동은 무릎을 쳤다. 논값이 제값일 때도 중도방죽에 가까운 논들은 그 값이 낮았다. 제석산 자락부터 이어지는 물길이 먼 데다 방죽 너머에서 바닷물이 들고 나는 탓으로 간기의 영향을 받았다. 지금 논값이 똥값이 된 판에 그 논들은 더 말할 것이 없었다. 그것들을 사들여 밀물을 끌어들여 논에 채우기만 하면 그대로 염전이 되는 것이었다. 하아, 이거야말로 기막힌 생각이다. 당장 일을 추진해야겠다. 논 사들이는 것이야 한나절이면 끝낼 일이고, 그다음 문제가 지목변경과 염전 허가였다. 그것도 돈 힘이면 간단하게 해결될 문제였다.

23

자유민주주의라는 허울

이지숙은 김칫단지와 과자를 싼 보퉁이를 들고 안창민 집으로 갔다. 그녀는 안창민의 어머니 신씨를 보면서 인품이 무엇인지 깨달았다. 그 욕심 없음과 겸양이 꼭 불교의 가르침만으로 될 일은 아닐 것 같았다.

안창민은 군당의 조직원 개편을 알리면서, 자기 소작인들에게 경작지 소유권을 넘겨주라는 사적인 용건을 덧붙였다. 작인들에게 땅을 넘겨주는 것은 좋은 일이나, 어머니의 생계 문제에 대해서는 말이 없었다. 혼자 사는 분의 생계쯤 다섯 작인들이 해결하리라고 믿었을 것이다. 그러나 전 재산을 그렇게 처리하는 것을 어머니가 어떻게 생각할지 염려스러웠다. 몇 마지기라도 남겨 둘

일이지. 그녀는 징광산 쪽으로 눈을 흘기지 않을 수 없었다. "하면, 그래야제. 나야 다 산 목숨잉께 한참 살 사람들이 땅을 지니는 것이 순리제." 신씨는 미리 소작지를 넘겨줄 작정을 하고 있었던 것처럼 담담하게 말했다. 아, 저럴 수가, 작인들 말마따나 저분은 정말 생불인가. 이지숙은 놀라움으로 신씨를 바라보며 미리 염려했던 자신이 부끄러웠다. 어서 세상이 좋아져 저런 분을 시어머니로 모시고 살면 얼마나 좋을까, 순간적으로 스쳐 간 생각이었다.

신씨는 감나무 아래 평상에 앉아 완두콩을 까고 있었다.

"편안하셨습니까."

이지숙은 언제나처럼 두 손을 앞으로 모아 잡고 머리를 깊이 숙였다.

"이, 어서 오소."

신씨가 잔잔하게 웃었다.

"이거 심심하실 때 드시라고……."

이지숙은 보자기를 풀어 과자 봉지를 신씨 앞으로 내놓았다.

"뭐하러 이런 것을……."

신씨는 얼굴에 미안한 빛을 드러냈다. 그렇지 않아도 늘 안쓰럽고 측은한데 이지숙이 그런 마음을 쓸 때마다 신씨는 이중으로 미안했다. 앞날이 어찌 될지 모르는 남자를 마음에 둔 이지숙을

보며 신씨는 가슴에 찬바람 서리는 근심을 버리지 못했다.

"맛이 괜찮습니다, 하나 들어 보시지요."

"그려, 이 선생도 먹어야제."

과자를 집어 내미는 신씨의 얼굴에는 자식에게나 드러내는 어머니의 정이 끈끈하게 묻어났다.

"아짐씨, 무고허신게라?"

"혹여 더위는 안 잡수셨는게라?"

잠시 후, 방 서방과 노 서방이 들어서며 인사했다.

"더운디 어서들 오시게."

신씨가 인사를 받았고, 이지숙은 평상에서 일어서면서 눈인사만 했다.

"농사들은 어떤고?"

신씨는 인사 삼아 물었다.

"날이 요리 땡글땡글 더운께 사람이야 볶여도 나락은 쑥쑥 잘 크는구만이라."

방 서방이 웃음을 얼굴에 가득 담으며 대답했다.

"근디 세상이 시끌시끌허다는디, 어떤가?"

"야아, 이 집 작인들이 모여서 불끈허면, 저 집 작인들이 모여서 불끈허고, 아주 난리판굿이구만요. 요런 식으로 나가다가 무슨 난리판이 벌어질지 영 아슬아슬허당께라."

"지주들이 순리를 따라야 헐 것인디. 다 공수래공수거란 걸 몰라서 그러제."

신씨는 멀리 눈길을 띄웠다.

김 서방이 오고, 뒤이어 박 서방과 임 서방이 오면서 작인 다섯이 다 모였다.

"말씀하시지요."

이지숙이 신씨에게 말했다.

"아니시. 이 선생이 말 전허고, 나야 그냥 듣기로 허제."

신씨가 이지숙을 바라보며 가만히 웃었다.

"안 선생께서 연락하셨는데, 지금 여러분께서 농사짓고 있는 땅의 소유권을 여러분 앞으로 넘겨 드리랍니다. 자당님께서도 그러자고 하셔서 그대로 결정하게 되었습니다. 그 사실을 알려 드리려고 모여 주십사 한 겁니다."

이지숙이 말을 끝냈는데도 다섯 사람은 얼어붙은 듯 앉아 있었다.

"여러분도 아시겠지만, 이 일은 밖으로 드러내지 않았으면 좋겠습니다."

이지숙은 이 일로 그들이 혹시라도 의심받게 되는 것을 원하지 않았다.

"아짐씨, 지까짓 것들을 생각혀 주시는 은혜야 골백번 고마운디라, 아짐씨는 어찌 사실라고 우리헌테 땅을 몽땅 주시는 게라. 고것은 안 되겄구만이라."

방 서방의 말이었다.

"자네들이 날 먹여 살리면 안 되는가."

신씨가 다섯 사람을 둘러보았다.

"고것이야 당연헌 일이고라, 그러드락도 아짐씨 밑에 다만 몇 마지기라도 남겨 둬야 즈이들이 사람이제, 준다고 낼름 받아 챙겨 뿔면 고것이야 짐승이제라. 아짐씨, 즈이들 짐승 맹글지 마시씨요."

"자네 맘이 보살님 맘이시. 허고 요 일은 안 선생이 정헌 것이라 내 뜻대로 되는 일이 아니시."

신씨는 완곡하게 그러나 엄중하게 방 서방의 뜻을 밀어냈다.

"알겠구만이라. 즈이들이 따로 의논혀서 이 하늘 같은 은공 받들겠구만요."

방 서방이 말했고, 나머지 네 사람은 숙연한 얼굴로 앉아 있었다.

사령관 백남식은 딸부자 윤영부의 집에서 하숙비 없는 하숙을 하고 있었다. 그는 하숙비만 안 내는 게 아니라 그 집안의 빈객으로 군림하고 있었다. 그가 사령관으로서의 권위를 내세우기도 전에 벌써 주인 송씨가 떠받들었고, 송씨를 따라 딸자식들도 그랬으므로 그는 힘들이지 않고 빈객 노릇을 하게 되었다.

음식 솜씨 좋고 깨끗한 집을 고르라고 말하자 권 서장은 그 말을 염상구에게 그대로 옮겼고, 염상구는 읍내의 한다하는 집은 다 들쑤시고 다녔다. 거의가 거북해했는데 윤 부자의 아내 송씨는 반색을 했다. "잉, 아주 잘되았네. 안 그래도 바깥양반 잃고 가시내들만 데리고 사느라 밤만 되면 가슴이 통게통게헌 것이 똑 죽겠드란 말시. 아들 하나 있는 것이 소학교 4학년이니 밤마다 내가 겪은 무섬이 어쨌겠능가. 군인 대장이 턱허니 우리 집에 진을 치면 도적놈도 빨갱이도 얼씬을 못헐 것이니 싸게 모시고 오소." 송씨는 하대치에게 혼쭐이 난 뒤로 밤만 되면 안으로 자물통을 채우는 버릇이 생겼다. "와따, 그리 무서웠으면 나를 사위로 들어앉힐 것이제라." 염상구의 말에 송씨는 "워메, 문딩이, 염병헌다."라며 눈을 흘겼다. 염상구는 농담처럼 말했지만 농담이 아니었다. 그는 자신의 나이가 장가들기에는 꽤나 쇠었다는 것을 알고 있었다. 그래서 금년 들어 장가를 가 보자 생각하고 여기저기 눈길을 보내기 시작했다. 첫째는 이뻐야 하고, 둘째가 집안이 부자라야 했다. 그 두 가지 조건이 다 맞지 않으면, 생김은 보통이더라도 집안만은 부자여야 했다. 책방집 딸 정님이는 자격 상실이었다. 낯짝이야 해반닥했지만 집안이 볼 게 없었다. 윤 부자네 딸들은 인물이야 덤덤할 뿐이지만 그 많은 재산 때문에 그는 눈독을 들이고 있었다. 하나뿐인 아들이 어리다는 게 구미를 더 끌어당겼다. 그런데 송씨의 "워메, 문딩이, 염병헌다."는 말은 '니까짓 것, 어림도 없다.'는 뜻이었다. 윤 부자의 딸 다섯 중에 둘은 시집을 갔고, 자신이 점을 찍을 수 있는 것은 그 아래 둘이었다. 힝, 양반 따지기 좋아허는 니 눈구녕으로 보기에는 염가가 개만치도 안 뵈지야? 울 아부지야 지게숯장사나 해 먹은 쌍놈이었응께. 헌디 나 염상구는 무시허면 헐수록 오기가 창창허게 뻗질러 오른다는 것을 알아야 써. 염상구는 경찰서로 발길을 옮기며 침을 내뱉었다.

끼니때마다 맛깔스러운 반찬이 올라오는 밥상을 받으며 백남식은 포식을 누렸다. 음식뿐만 아니라 이부자리며 빨래 같은 수발도 송씨가 다 들어주었으므로 때아닌 호강을 시작했다. 송씨는 식모가 있는데도 귀한 분 대접을 한다며 첫날부터 밥상을 손수 날랐다. "안식구가 해 바치는 진지를 드셔야 헐 것인디, 남이 만든 찬이 입에 맞으실지 모르겠구만요." 송씨의 인사치레에 "안식구가 아직 없는 몸이니 무슨 반찬이나 다 잘 먹습니다."라는 대꾸가 나왔다. 그가 총각이라는 사실에 놀라며 송씨는 순간적으로 욕심이 동했다. 사위를 삼으면 어쩔꼬! 과년한 딸을 가진 어머니로서 당연한 반응이었다. 하지만 백남식이 자기를 총각이라고 한 것은 새빨간 거짓말이었다. 해방되던 해에 장가를 간 그는 고향집에 아이까지 하나 있었다. 바람기 승한 남자가 으레 총각 행세하듯이 그도 결혼 말만 나오면 총각이라고 대꾸하는 버릇이 있었다.

좌익에 대한 백남식의 서슬은 변함이 없었지만 정작 본격적인 토벌 작전은 한 번도 하지 않은 채 3개월을 넘기고 있었다. 그가 한 일은 삐라를 수거하고, 소작인들이 삐라 내용을 믿고 엉뚱한 짓을 하면 가차 없이 처벌한다고 엄포를 놓는 것이었다. 삐라가 뿌려진 다음에는 꼭 그 엄포가 뒤따랐고, 각 마을에서는 총소리가 터졌다. 백남식의 지시에 따라 엄포 다음에 쏘는 공포였다.

율어에 논을 가진 지주들은 백남식의 그런 소극적인 태도에 불만을 나타내기 시작했다. 잘못하면 두 해째나 농사를 좌익에게 빼앗길 판이었다. 백남식이 율어에서 금방 좌익을 몰아낼 것으로 기대했던 지주들은 실망과 함께 그만큼의 불만을 품게 되었다. 그렇다고 백남식 앞에서 그 불만을 털어놓을 수는 없었다. 백남식은 지주들의 그런 눈치를 알면서도 짐짓 모른 척했다. 그는 부임하고 나서 자기 관할 지역을 돌며 사상 조사를 실시했고 율어 정찰까지 마쳤다. 율어를 정찰한 그는 적극적인 작전을 펼 의욕을 잃었다. 말로만 듣던 지형을 직접 눈으로 보자 진급 욕심이 싹 가시면서, 전임자의 입장을 이해할 것 같았다.

먼저 치고 들어갈 수는 없으니 덤비면 받아칠 작정이었다. 그런데 어찌 된 노릇인지 적은 전혀 움직이지 않았다. 한다는 짓이 삐라를 뿌리는 것뿐이었다. 아무 데서나 한바탕 총질이 일어나야 체면 유지라도 될 판인데, 백남식은 답답하고 짜증이 나 미칠 지경이었다. 이 새끼들이 삐라를 뿌려 민심을 혼란시키는 심리전만 하겠다는 건가. 심리전이라는 게 얼마나 무서운가. 그 위력을 총이 어찌 당해. 천하무적 관동군이 만주 땅에서 제일 애먹은 게 바로 심리전 아니었나. 빨갱이들이 뿌려 대는 그 삐라를 총알이 무슨 수로 당해. 소작인 입장에서 보면 구구절절이 옳은 말뿐인데. 정치한다는 놈들 도대체 뭘 하고 자빠졌는 새끼들이야. 공산당을 이길라면 공산당보다 더 좋은 법을 만들어야지, 법이라고 만든 게 그게 뭐야. 그래 놓고 공산당 하지 말라니, 개도 웃을 일이다. 이 정신 나간 새끼들아, 아래서 일을 해 먹을 수 있게 법을 만들어야지, 나도 소작인이면 빨갱이 편이라 그 말이야, 요런 병신 같은 놈들아!

책상 위에 두 다리를 뻗대 놓고 눕듯이 앉아 있던 백남식은 제풀에 열이 올라 벌떡 일어섰다.

그 시각에 율어의 안창민은 병력을 진두지휘하여 석거리재로 이동하고 있었다. 석거리재에서 어두워지기를 기다렸다가, 고읍들을 건너고 제석산 자락을 밟아 진트재에 이르는 꽤 먼 이동 작전이었다. 작전 장소는 진트재 터널 앞, 작전 시간은 다음 날 아침 8시경, 공격 목표는 광주발 여수행 군수품 수송 특별열차, 노획물 이동 장소는 조계산 비트(비밀 아지트), 이것이 도당의 지령이었다. 아침 8시에, 무장 경비가 딸린 달리는 기차를 공격하고, 군수품을 탈취해서 조계산까지 운반한다. 결코 쉬운 작전이 아니었다. 안창민은 율어를 오판돌에게 맡겼고, 하대치와 이해룡은 작전에 참여시켰다. 세 사람은 자신이 작전에 직접 나서는 것에 반대했지만 안창민은 그 말을 듣지 않았다. 율어를 지키는 게 작전보다 중요하다는 그들의 주장은 명분도 있었고, 사실이기도 했다. 그러나 그는 아무런 이유 설명 없이 그 주장을 물리쳤다.

　김범우는 이학송과 민기홍에게 연락을 했다. 부대에 복귀하게 된 심재모가 근무지로 떠나기 전에 자신을 도와준 두 사람에게 인사를 차리고자 했던 것이다. 이학송과는 약속이 되었는데 지방 출장 중인 민기홍과는 연락이 닿지 않았다.

　"이렇게 서울에서 다시 뵐 줄은 몰랐습니다. 김 선생한테 손 선생 애긴 대강 들었어요. 그러나 백이라는 사람한테 너무 유감 갖진 마세요. 제가 거기 그대로 있었어도 별수 없었을지 몰라요. 시체를 역 앞에 전시했던 것처럼 말이죠. 그때 손 선생이 항의를 했는데, 전 참 면목 없고 난감했었지요. 그러나 매인 몸이니 어쩝니까."

　손승호를 만난 심재모가 더없이 반가워하며 한 말이었다.

　"그때 말씀을 하시면 제가 오히려 면목이 없지요. 난 군인의 몸이오, 했던 심 중위님의 목소리가 지금도 제 귀에 쟁쟁합니다. 그때 돌아 나오며 제 경솔을 후회했지요."

　손승호가 쓸쓸한 듯한 웃음을 웃었다.

　"저기 이 선배가 오는군."

　김범우가 자리에서 일어났다.

　"난 그저 매양, 요새 유행하는 말로 코리안 타임이군."

이학송이 변명처럼 말하며 다가왔다. 코리안 타임이란 한국 사람들이 약속 시간을 잘 못 지킨다고 해서 붙인 양키 용어였다.

김범우의 소개로 심재모와 이학송이 인사를 나누었고, 그들은 다방을 나와 술집으로 향했다. 자연스럽게 이학송이 앞장섰고, 그가 발길을 멈춘 곳은 으레 다니는 싸구려 막걸릿집이었다. 그런데 심재모가 거기로 들어가기를 완강히 거부했다.

"글쎄, 이 집이 나쁘다는 게 아닙니다. 오늘은 제가 모시는 거니까 제 뜻대로 하게 해 주십시오. 호화판 술집으로 가자는 게 아니라, 조용한 방이라도 따로 있는 곳으로 가자는 거지요. 제가 선생님들하고 술을 마시면 몇 번이나 더 마시겠습니까. 이게 처음이고 마지막이 될지도 모르잖습니까."

"하 이거, 군인 고집 못 당하겠소. 갑시다, 괜찮은 데가 있으니."

이학송의 말에 모두 웃으며 발길을 돌렸다.

이학송이 안내한 술집은 인사동 언저리의 조그만 한옥이었다.

"말씀대로 술집이 괜찮군요. 이 근방에 이런 술집이 많습니까?"

김범우가 물었다.

"이쪽에서부터 저쪽 낙원동까지 요정투성이지."

이학송이 떫은 표정을 지었다.

"이 정도면 몇 급이나 됩니까?"

"이거야 삼류 축에도 못 들지. 일류 요정들이야 상상할 수도 없는 호화판이야. 최고급 비단으로 도배를 하고, 아방궁이 따로 없네. 오죽하면 미 군정이 요정에서 다 녹아났겠어.”

“미군을 요정으로 끌어들인 한민당 놈들이나, 거기서 놀아난 미군 장교 놈들이나 다 똥물에 튀길 것들이죠.”

“자, 술들 드십시다.”

이학송을 따라 세 사람도 술잔을 들었다.

“심 중위님은 어디로 가시게 됩니까?”

이학송이 심재모에게 말을 건넸다.

“일단 단양으로 가게 됩니다.”

“단양?”

이학송이 눈썹이 꿈틀할 정도로 되물었다.

“예, 태백산 지구 사령부가 거기 있죠.”

“그렇지요. 어째 심 중위님은 고약한 데서만 근무를 하는군요.”

이학송이 혀를 찼다.

“병과가 보병 아닙니까.”

심재모는 그저 예사롭게 말하며 엷게 웃었다.

“거기도 지금 한창 골치 아픈 지역이지요.”

“아마 지리산 일대나 비슷한 공방전이겠죠. 다른 게 있다면, 지리산 쪽은 14연대와 지방 세력이 주축이고, 태백산이나 오대산 쪽은 이북에서 남파한 병력이 주축이라는 점이죠.”

심재모가 잔을 비우고 이학송에게 권했다.

"사상 대결이 무력 대결로 본격화되기 시작했으니, 이거 참 문제지요."

이학송이 술을 받으며 말했다.

"이렇게 유격전을 확대하는 배경이 뭘까요? 미군 철수나 농지 개혁 같은 상황 변화 때문은 아닐까요?"

김범우가 심재모에게 잔을 건네며, 이학송에게 물었다.

"미군 철수보다는 농지개혁이 더 큰 영향을 미쳤다고 봐야 할 거요. 농민문제가 곧 나라의 문제인데, 이번 농지개혁법은 그 사실을 외면했고 이승만 정권은 전 국민의 외면을 받고 있소. 그러니 북쪽 입장에서 보면 이보다 더 좋은 기회가 어디 있겠소."

"전 국민을 배신하고, 그래서 전 국민에게 배척당하는 정권은 존재할 수 없다는 것은 엄연한 사실입니다. 그런데 그 엄연한 사실이 허구로 바뀐 게 우리의 현실 아닙니까. 미국의 영향력이 그대로 작용하는 한 그 허구를 사실로 바꿔 놓기는 불가능할 겁니다. 그런 현실에서 북쪽이 시도하는 방법이 얼마나 실효성이 있을지, 저는 회의적입니다. 제가 지난번에 미국 사람을 잔인한 완벽주의자들이라고 했는데, 그들이 삼팔 이남을 점령해서 이승만 정권을 세워 놓고 철군하기까지를 살펴보면 그 시나리오가 그렇게 완벽할 수 없습니다. 삼팔 이남을 점령해서 소련의 세력을 직접 견제하고 태평양 전체를 자기네 정원의 연못으로 만들 수 있다는 대전제 아래 그들은 우선 조선 땅을 일본의 식민지로 철저하게 규정했습니다. 그래야만 전리품을 줍는 것으로 점령이 합법화되는 거지요. 그 맥락에서 임정은 당연히 부인당했고, 몽양의 인공(조선인민공화국)도 부인당했습니다. 자기네를 위한 정권을 자기네의 손으로 세워야 한다는 대원칙대로 그들은 남쪽을 제멋대로 칼질했습니다. 민족주의 세력 무력화, 공산당 활동 불법화, 친일 반역 세력 옹호, 경찰력 확대, 인민위원회 조직 파괴, 제주도 4·3사건 발발, 단정 수립, 여순 사건을 거쳐 지금입니다. 제가 하고 싶은 말은, 그 큰 사건들을 거치면서 우리 대중들이 얼마나 치열하게 군정의 횡포에 대항했고, 그때마다 군정은 얼마나 철저하게 탄압을 가했는가를 생각해야 된다는 겁니다. 그리고 공산당의 입장에서는 더욱 그 점을 정확하게 판단해야 합니다. 미 군정 기간은 공산당이 당한 수난에 앞서, 살기 좋은 새 나라가 세워지기를 바라며 행동으로 나섰던 대중들의 수난기였다고 생각합니다. 군정은 자기네 행위를 정당화하기 위해 무고한 대중들을 무조건 좌익으로 몰아붙였고, 또 공산당 쪽에서는 대중들이 그렇게 일어난 것이 자기네들의 영향 때문이었다고 하는데, 그건 착각입니다. 미군이 철수한 것은 그만큼 남쪽에 대해 자신감이 있다는 증거로 봐야 합니다. 미군은 물러갔지만 그들의 힘은 군대와 경찰의 힘으로 바뀌어 있다는 걸 알아야 합니다. 그 사람들, 정말 무서운 사람들입니다. 이 땅에 전봇대가 몇 개인지도 알고 있으니까요. 이거, 되잖은 소리로 너무 혼자 떠들었습니다."

김범우가 정종잔을 단숨에 비웠다.

이학송이 왼손으로 주전자를 들고 "자네 판단이 옳은 것 같군. 미국의 정보망이나 그 조직이 얼마나 치밀한지 우리가 너무 모르고 있는데, 그 사람들 정말 무섭지."라며 고개를 설레설레 저었다.

"그들이 잔인한 완벽주의자라는 것하고 요정에서 놀아나는 것하고는 앞뒤가 안 맞잖은가?"

손승호가 불쑥 말했고 이학송이 말을 받았다.

"그거야말로 잔인한 완벽주의의 기막힌 예라고 생각하오. 그들은 자기네한테 필요한 정권을 세우기 위해서 어차피 한민당 같은 부류가 필요했소. 그런데 자기네가 회유해야 할 부류들이 오히려 향연을 베풀고 달려드는 판이니 마다할 게 뭐 있소. 그저 실컷 취하고, 재미 보면서 자기들 목적은 빈틈없이 달성한 거요."

손승호는 고개만 느리게 끄덕였다.

"그럼 소련은 어떻습니까?"

심재모가 물었다.

"소련이라고 다를 게 있습니까. 자기들 목적을 위해 우리 땅을 점령하기로는 둘 다 똑같은 종자들이지요."

이학송은 반쯤 남은 술을 비우고 잔을 심재모에게 넘겼다.

"우리 땅을 점령한 것은 같지만 그 후의 차이까지 같다고 할 수는 없지 않을까요?"

손승호의 반대 의견이었다.

"어떤 차이 말이오?"

이학송이 구미가 당긴다는 듯이 눈을 크게 떠 보였다.

"신탁통치 기한을 정한 것도 달랐고, 군대 철수도 달랐고, 정부 수립에 대한 견해도 다르지 않았습니까."

"중요한 지적이오. 손 형, 그런데 그게 미국과 비교하니까 나타나는 차이고, 그 차이는 우리 민족을 위해서가 아니라 자기네 이익을 위해서 나타낸 차이일 뿐이오. 신탁통치 기한만 해도 처음에 미국의 루스벨트가 30년, 소련의 스탈린이 5년을 제안했고, 결국 모스크바 3상회의에서 5년으로 결정됐는데, 그게 소련 덕이라고 할 수 있을까? 천만에, 철저하게 자기들을 위한 계획이었소. 소련은 이미 우리 사회를 완전히 파악하고 있었던 거요. 일본과 친일파에 대한 민중의 반감, 지주와 소작인의 갈등, 이런 것들이 해방과 함께 사회변혁 요인으로 작용할 거라는 걸 말이오. 그런 여건은 사회주의로 가는 지름길인데 무엇 때문에 미국이 30년씩이나 이 땅에 머물기를 바라겠소. 신탁 기간은 짧을수록 좋다고 한 스탈린의 말이 우릴 위해 한 말이라고 생각한다면 그거야말로 어

리석은 곡해요. 그다음이 군대 철수의 차인데, 소련군이 미군보다 9개월 앞서 철군했다는 게 우리 민족을 위해 무슨 이익이 되오. 그 기한의 차이는 소련이 북쪽에 자기네들이 믿을 수 있는 정권을 세워 안심할 수 있다는 점과, 미국이 남쪽에 자기네들 뜻에 맞는 정권을 세우기는 했어도 아직 안심할 수 없다는 점의 차이일 뿐이었소. 그다음은 정부 수립에 대한 견해 차이인데, 전 민족적 외세 배격에 부딪친 미국은 신탁통치를 포기하고 이 땅의 문

제를 유엔으로 가져갔고, 이에 맞서 소련은 미소 양군의 동시 철수와 한민족 스스로 자율 정부를 수립한다는 입장을 취했소. 언뜻 들으면 우리 민족을 위하는 것 같은 소리요. 그러나 그건 진실이라곤 털끝만치도 없는 뻔뻔스러운 말이었소. 미국의 손아귀에 있는 유엔에서 힘을 쓸 수 없으니까 소련은 자기네 이익을 위해 우리 민족을 이용하려 한 것뿐이오. 자, 내 판단은 이런데 손 형 생각은 어떻소?"

이학송이 물었다.

"제가 소련을 두둔하자는 게 아니었는데, 듣고 보니 제가 말을 잘못한 것 같습니다."

손승호가 어색하게 웃었다.

"그건 아니고, 우리 땅을 강점한 두 외세가 우리 민족을 망친 행위는 조금도 다름이 없다는 점을 지적하고 싶었소. 그들 두 강대국은 고맙게도, 우리한테 자치 능력이 없으니까 자기네들이 신탁통치를 해 주겠다고 나섰잖소? 그게 침략을 합리화하는 강대국의 일방적인 논리인데, 그럼 정말 우리에게 자치 능력이 없었던가? 천만에, 우린 1차로 건국준비위원회를 통해서, 2차로 조선인민공화국을 통해서 완전한 자치 능력을 확보했단 말이오. 먼저 건준이나 인공은 친일 세력을 완전 배제한 상태에서, 어떤 이념에 편중되지 않고 양심적 민족 세력으로서 자유민주주의 세력,

공산주의 세력, 중도 우파 세력, 중도 좌파 세력을 망라해서 민족적 민주 세력의 연합체를 만들었소. 그리고 전국에 지방조직이 자발적으로 구성되었지. 그런데 미 군정은 그 인공을 부인했소. 그것은 바로 우리 민족 전체를 부인하는 만행이었소. 그럼, 상황을 바꿔서, 인공이 서울이 아닌 평양에서 구성되었다면 소련은 어땠을 것 같소! 인정일까, 부정일까? 그들도 미국과 마찬가지로 부인했소. 그들도 미국처럼 자기네한테 필요한 정권을 세워야 하는데 인공은 민족 주체적 정치조직이고 따라서 외세 배격적 민족 세력이었기 때문이오. 우리는 우리의 훌륭한 자치 능력을 새로운 침략자들에게 파괴당했소. 이렇게 남북으로 갈라진 상태에서 우리가 하나로 합칠 가장 좋은 방법이 무엇인지 내 나름대로 생각해 봐도 인공과 같은 구성, 그 이상은 없소. 모든 이념을 가진 조직이 한 테두리 안에 모이고, 그 속에서 각기 정치 활동을 하고, 선택은 오로지 국민에게 맡기는 거지요."

이학송은 잔을 비워 손승호에게 건넸다.

"술자리에서 언제나 이런 얘길 하십니까?"

심재모가 자리를 밍기적거리며 김범우에게 물었다.

"예, 무슨 약속을 한 것도 아닌데 자연히 그렇게 됩니다."

"술자리가 아니라 무슨 어려운 공부 시간 같은 기분입니다. 세 분은 이미 알 것 다 알고 나누는 얘기가 분명한데, 전 못 알아들을 대목이 많군요. 배우는 기분으로 듣고 있습니다."

심재모가 호의에 찬 웃음을 입술로 웃었다.

"벌교 생각은 안 나십니까?"

김범우가 마주 보고 웃었다.

"웬걸요, 꼬막 맛도 생각나고, 술찌끼를 얻으려고 양조장 앞에 줄을 선 가난한 농부들도 생각나고, 욕이 뒤섞인 걸직한 사투리도 생각나고, 율어로 들어간 여자가 임신을 했는지도 궁금하고, 그렇지요. 그리고 우스운 일이 하나 있었습니다. 벌교를 떠나기 얼마 전에, 어떤 여자한테 손수건을 선사받았습니다. 편지에 이름이 없더군요. 누군지 아는 날이 오겠지, 하고 덮어 뒀는데 그만 잡혀 오고 말았지요. 그런데 급하게 떠나느라 그 손수건을 책상 서랍에 두고 왔지 뭡니까."

"저런, 그런 로맨스가 있었군요." 하며 김범우가 혀를 찼고 "벌교 처녀 하나 한 맺히게 만들었군요. 지금도 늦지 않았어요, 전라도 사람들 한은 무서우니까 당장 내려가 그 처녀를 찾으세요."라고 손승호가 꼭 정말인 것처럼 말했고, 모두 소리 내어 웃었다.

"이 선배님, 미군이 철수한 마당에 확인이 필요한 문젠데요, 그동안 일어난 큰 사건들로 희생당한 사람이 얼마나 될까요? 보도는 못하더라도 신문사에는 조사한 자료가 있지 않습니까?"

김범우가 다시 진지한 얼굴로 물었다.

"민족 분단으로 생긴 피해 상황을 파악하는 건 중요한 문제지. 그런데 그게 비합법적인 탄압으로 자행한 일이라 보도를 막은 것은 물론이고 취재나 조사도 방해했고, 사건이 터질 때마다 경찰에서는 감추느라 급급했지. 그래도 신문사에서는 정확한 숫자를 파악하려고 애를 썼는데, 그것도 정확할 수야 없지."

"그것만이라도 좀 말씀해 주십시오."

김범우는 만년필과 종이를 꺼냈다.

"10·1폭동에 동원된 인원이 100만 명이 넘고, 사망자가 1천여 명인데, 이 어림잡은 통계에서 완전히 빠진 수가 또 1천여 명은 될 거고, 거기다 경찰 사망자 이삼백 명을 합해야겠군. 그다음 큰 사건이 제주도 4·3인데, 살상당한 수가 8만 5천여 명, 그다음이 여순 사건인데, 그게 9천에서 1만여 명이지. 그리고 작다고 할 수 없는 사건들이 끊임없이 일어나며 죽어 간 사람들 수도 합해 놓으면 굉장할 거네."

"그러니까…… 4년 동안 남쪽에서만 죽어 간 사람이 10만 명을 헤아린다는 계산이군요."

"그런 셈이지."

"허! 한 읍을 2만 명으로 잡으면, 다섯 개의 읍민이 깡그리 죽어 없어진 셈이군요."

손승호가 기막혀했다.

"그게 미 군정 3년의 업적이고, 그 시체들 위에 이승만 정권이 세워진 것 아닌가."

김범우가 푹 한숨을 내쉬었다.

"2차 대전 이후에 강대국이 점령한 나라들이 한둘이 아닌데, 4년 동안 그렇게 많은 사람을 죽인 건 이 땅이 세계에서 유일할 거네. 그런데 문제는, 조직적인 통제 때문에 너무나 많은 사람들이 그 끔찍한 범죄 행위를 모르고 있다는 사실이네."

이학송이 침통하게 말했다.

"미국 놈들은 일본 놈들보다 더 악독하게 학살을 했군요. 막연하게 많은 사람이 죽었을 거라고 생각했지만 그렇게 엄청난 숫자인 건 처음 알았습니다."

감정이 격해진 탓인지 손승호가 딸꾹질을 했다.

"자기네 목적을 이루려는 미국과, 자기네를 방어하고자 한 민족 반역 세력의 야합으로 이루어진 결과겠지요. 그리고 대중이 외세와 반민족 세력에게 그만큼 치열하게 대항한 결과이기도 하지요. 언젠가는 그런 사실이 다 밝혀지겠지만, 오늘 우리 네 사람이나마 함께 확인했으니, 그것만으로도 이 술자리는 의미가 있을 겁니다."

이학송의 무거운 말이었다.

"그 사실을 되도록 많은 사람들에게 알려야 합니다. 입으로나

마 말입니다."

김범우의 말이었다.

"그런데 그게 쉬운 일은 아닐 거요. 이승만 정권은 그런 말들을 유언비어니, 용공 이적 행위니 해서 철저하게 단속하려 들 것이오. 그렇게 끌려가면 자료나 근거를 댈 수 없으니까 꼼짝없이 죄를 뒤집어쓸 수밖에 없잖겠소?"

이학송이 느리게 고개를 저었다.

"그게 그렇게 되겠군요."

김범우가 고개를 끄덕였다.

"그렇게 많은 사람들이 죽은 것도 문제지만, 반민족 세력이 정치뿐만 아니라 경제까지 장악했으니 앞으로가 더 문제일 거요. 미 군정은 정치와 경제를 모두 반민족 세력에겐 넘겨줌으로써 이 땅 남쪽을 속국으로 만들어 버린 것이오. 미곡 수집 정책으로 쌀 값을 500배까지 올려 대중 경제를 파탄에 몰아넣고는, 미국의 각종 잉여상품과 잉여농산물을 풀어 놓지 않았소? 점령지를 자기네 경제에 예속시켜 시장으로 확보한 것이오. 그리고 그 많은 귀속재산을 완전히 장악한 다음 이윤을 빼먹을 만큼 빼먹고 나서 그것을 또 반민족 세력에게 넘겨주었소. 그러니 앞으로 대중 생활이 어떤 꼴이 되겠소. 해방은 되나 마나고, 사회 모순은 새롭게 생겨나고, 그 결과 민족 모순은 더욱 심각해질 것이오. 그게 다

228

미 군정 3년이 남긴 것이오. 미군은 철수했지만 군정은 끝난 게 아니라 형태를 달리해서 계속되고 있는 셈이오."

한동안 아무도 말이 없었다.

"말씀들 하시는 걸 들으니까 현 정부는 국민을 위해 도대체 한 일이 없는데, 저 같은 사람은 어째야 할지 알 수가 없습니다. 저는 공산주의를 별로 좋아하지 않는데, 자유민주주의라는 게 이 모양이니, 친일 경찰들처럼 무작정 나설 수도 없고요. 처음 군대에 들어갈 때는 뜻있는 일을 해 보자는 것이었는데, 이젠 뭐가 뭔지 알 수가 없습니다."

심재모가 이학송에게 침통하게 말했다.

"심 중위님뿐만 아니라 그런 처지의 사람들이 너무나 많습니다. 자유민주주의가 정치 이념으로서 공산주의와 대등해지려면 그 정권은 대중이 원하는 바에 따라, 대중을 위해 정치를 해야 합니다. 그런데 이 땅의 자유민주주의는 그 반대로 치닫고 있습니다. 그래서 대중들의 배척을 받고, 북쪽의 체제와도 대적이 안 되는 겁니다. 알다시피 북쪽에서는 이미 오래전에 친일 반역 세력을 일소해 민족 감정을 해결했고, 농민을 위해 토지개혁을 했으며, 노동자를 위해서는 노동법을 시행했습니다. 그리고 그 사실을 남로당 지하조직을 통해 끊임없이 선전해 왔으니 남쪽 체제에 대한 대중들의 불신과 반감은 날이 갈수록 커 갈 수밖에 없습니다. 공산주의를 싫어하는 사람들이 떳떳하게 자유민주주의를 옹호할 수 있게 되려면 새로 시작해야 하는데, 그건 이미 틀린 일입니다. 그러니까 심 중위님 같은 사람들은 앞으로도 설 자리를 찾지 못해 두리번거려야 하고, 배척당할 수밖에 없는 일이죠. 말씀드린 대로 어쩔 도리가 없는 일이니 심 중위님은 현재의 위치에서 그저 최선을 다할 수밖에 없지 않겠습니까? 언젠가 진정한 자유민주주의를 실현할 날이 올 거라고 믿으면서 말입니다."

"제가 하면 뭘 얼마나 하겠습니까."

심재모는 자조적인 웃음을 흘릴 뿐이었다.

24

일어서는 산

"후여어, 후여어어—."

"훠어이, 훠어이 훠!"

허수아비가 팔 벌리고 선 들녘에 새 쫓는 소리들이 길게 이어
지고 있었다. 넓은 들판에서 메아리 없이 사라지는 그 소리들은
다 쉬어 있었다. 칠팔월 농사가 더위와의 싸움이라면 9월 농사는
참새와의 싸움이었다. 새 쫓기가 시작되면 농가의 아이들은 들판
으로 내몰렸다. 학교에 가지 못하기가 예사였다. 부모들은 거리낌
없이 결석을 시켰고, 아이들도 이를 당연하게 받아들였다. 농가에
서 농사는 모든 것에 우선했고, 특히 소작농들은 쌀 한 톨이라도
지키기 위해 아이들의 배움도 뒷전으로 물려야 했다.

참새 떼의 극성스러움은 어른이든 아이든 짜증 나게 했고, 화 나게 했고, 끝내는 지치게 만들었다. 참새 떼는 아예 처음부터 허수아비는 우습게 알아 그 위에 올라앉아 쉬는 판이었고, 사람들이 목젖이 떨리도록 질러 대는 소리도 날이 가면서 무서워하지 않았다. 소리만 질러서는 날아가지 않아 논두렁을 뜀박질해야 했고, 쉰 목소리만으로는 모자라 양철통을 두들기거나 돌팔매질을 쳤다. 그러나 영악해진 참새들은 하늘을 빙그르르 돌아 한두 마지기 건너 옆 논으로 내려앉고는 했다.

올해 새보기에는 유난히 아이들이 많이 몰렸다. 어른들이 모이는 일이 잦고, 떼 지어 읍내로 가는 일이 많아졌던 것이다.

며칠 전 유동수·김종연·서인출은 마름 오동평에게 불려 가 숨길이 막힐 것 같은 말을 전해 들었다. 지주 윤씨네가 논을 팔기로 했는데, 모르는 사람들에게 넘기느니 기왕이면 작인들에게 넘길 테니 뜻이 있으면 나서 보라는 것이었다. 목돈이 없는 사람을 위해 장리변을 댈 수 있다고 덧붙였다. 송씨와 오동평이 그동안 비밀리에 추진해 오던 일이 한계에 다다르자 다른 지주들이 써먹어 온 방법을 쓰려는 것이었다. 논값은 논값대로 받고 돈놀이까지 하자는 속셈이었다. 소작인의 입장에서 보면, 딴 사람에게 논이 팔려 넘어가는 것보다는 그나마 나은 방법이었다. 다른 사람에게 논을 팔아넘기면 소작인들이 가지고 있는 농지분배권이 완전히 없어지기 때문이었다. 그렇다고 그대로 논을 살 수도 없었다. 빌린 돈으로 당장 논을 살 수는 있지만, 높은 이자를 물어야 하기 때문에 작인 노릇이나 하나도 다를 게 없고, 이자에 치여 본전을 갚을 수 없게 되면 꼼짝없이 논을 되돌려 줄 수밖에 없게 되어 있었다. 농지개혁이 눈앞에 닥쳐와 있는데 그런 악조건으로 논을 떠맡을 수는 없었다.

그래서 김종연과 서인출은 100명이 넘는 윤씨네 작인들을 만나 행동을 같이하기로 뜻을 모으게 되었다. 그들은 두 가지 목적을 위해 쉽게 행동 통일을 할 수 있었다. 첫째, 논을 사들이겠다는 태도로 나가면서 무엇보다도 중요한 분배 우선권을 지키자는 것이었다. 둘째, 농지개혁이 어차피 유상몰수 유상분배인 바에야 매매 조건을 조정해 적당한 선에서 사들이자는 것이었다. 그 매매 조건으로 첫째, 논값은 시세에 맞추되 일시불이 아니라 5년간 나누어 내고, 이자는 2부로 하여 매년 갚을 본전에 한해서만 물기로 한다. 둘째, 모든 조건은 첫째와 같고, 분할만 3년으로 한다. 셋째, 논값은 시세에 맞추어 한꺼번에 내되, 이자는 2부로 하고, 본전 상환 기간을 10년으로 한다. 이 세 가지 조건을 단계적으로 제시해 가며 최대한 시간을 끌기로 한 것이다.

입심 좋고 머리가 빨리 돌아가는 김종연이 자연히 대표 격이 되었고, 유동수·서인출에 다른 동네의 두 사람이 보태져 다섯 사람이 윤씨네를 찾아갔다.

"마나님 분부 전해 듣고, 저희 다섯이 작인 놈들 대표로 뽑혀 이리 찾아뵙는구만이라."

송씨를 대하고 김종연이 내놓은 첫마디였다. 그는 넉살 좋게 '마나님 분부'를 찾아가며 상대방 기분을 발라맞추었지만, 실은 자기네들이 한 덩어리로 뭉쳤다는 사실을 은근히 내비치는 것이었다.

"대표? 오 서방은 뭘허는 사람인디?"

송씨가 깔아 보는 눈길로 던진 말이었다.

"모든 일이 동평 아재를 통허게 돼 있는 것이야 다 알지만 고것이야 농사일이고라, 요번 일은 농지 소유권이 달린 중대헌 문제라 마름이 새중간에 낄 자격이 없다고 생각되느만이라. 그래서 당사자들이 만나는 것이 좋다고 생각했구만이라."

"아니, 논을 살 맘이 있으면 사면 될 일이제 당사자가 만나야 된다는 거이 무슨 소리여?"

송씨는 내치듯이 차갑게 말했다.

"논을 사고파는 일이야 흥정을 혀야 제값이 나오지 않겄능가요. 고것이 순서라는 생각이 드는구만요."

김종연은 겸손하게 말했지만, 송씨의 감정은 벌써 뒤집어지고 있었다. 저 천헌 것들이 시키는 대로 헐 일이제 어디다 대고 흥정이여, 흥정이. 그러나 송씨는 감정을 꾹 눌렀다. 농지개혁으로 재산을 잃는 것보다야 천한 것들하고 흥정을 해서라도 재산을 지키는 편이 낫다는 생각이 든 것이다.

"내가 장돌뱅이가 아닌디 흥정이다 뭐다 쌍스런 말은 허지 말어. 생판 모르는 남들 손에 넘기느니 작인들 손에 넘기기로 헌 마당에 쪼깐 더 인정 못 쓸 것도 없응께, 어쩌란 것인지 말해 보소."

송씨는 마음을 잔뜩 공글렀다.

"아이고메 마나님, 그리 말씀혀 주신께로 고맙구만이라." 김종연은 넙죽 절을 하고는 "작인 놈들이 마나님 뵙기 전에 얼마로 해 달라고 입을 맞출 수 있간디요. 그 고마우신 말씀 들었응게 펑허니 돌아가서 의논해 갖고 며칠 새에 다시 찾아뵙겠구만요."라며 청산유수로 말을 끝냈다.

"알었네, 그리 허소."

말을 듣는 동안 긴장이 풀린 송씨는 흡족한 기분으로 말했다.

그들 다섯은 공손하게 인사를 하고 송씨 앞에서 물러났다. 저리 야물딱진 것이 어찌 빨갱이 물은 안 들었을꼬. 소작질해 먹기는 아깝다. 송씨는 김종연의 뒷모습을 지켜보며 생각했다.

"아 어찌 된 일이다냐? 첫째 조건 내놓기로 헌 것 까먹어 뿌렀냐?"

대문을 나서자마자 유동수가 책망하듯 물었다.

"아이고 성님, 고 늙은것 맘보를 딱 짚어 봉께 우리가 생각허는 것이 먹히게 생겼습디다. 고것이 지가 몸 달았다는 뜻인디 우리가 뭐하러 먼저 조건을 내걸어라. 우리야 며칠이라도 버는 것이 이문인디라."

그렇지 않느냐는 듯 김종연은 비식 웃었다.

"이, 듣고 봉께 니 말이 옳여. 와따, 우리 종연이 찰방지다."

유동수가 환하게 웃으며 김종연의 어깻죽지를 쳤고, 다른 사람들도 고개를 끄덕였다.

목포형무소에서 죄수 350여 명이 탈출한 사건이 일어났다. 그런데 그 탈옥수들 거의가 제주 4·3사건 연루자들이라고 했다. 그들이 산줄기를 타고 지리산으로 도주할 게 뻔하니 중간 지점에서 한 놈이라도 잡으라는 지시가 내려왔다. 어제 연대 본부로부터 그 지시를 받았고, 오늘 다시 신문으로 확인하며 백남식은 심사가 뒤틀렸다. "백 중위, 경계 철저히 하라구. 진급 앞둔 처지에 지난번 같은 일 또 일어나면 곤란해." 연대 참모의 말이 아직 생생하게 남아 있었다. 그 사건이 이렇듯 불신당하는 계기가 되다니, 백남식은 생각할수록 분했다. 그놈들이 터널 저쪽에서만 일을 저질렀어도 자신은 책임을 면할 수 있었다.

이 새끼들이 9월에 총선거를 하자느니, 9월이면 박헌영이가 내려와 남쪽 정권을 세운다느니, 하고 떠들어 댄 소리는 엄포가 아니란 말인가? 유격댄지 빨치산인지를 내려보내 태백산맥 줄기에 투쟁 거점을 확보하고, 지리산에 새로 사령부가 생겼다더니 여기 야산대까지 겁 없이 군수품 실은 열차를 습격하고, 이게 다 그놈들이 말한 '9월 대공세'라는 것인가. 이 새끼들이 지랄 발광을 하는데 우리 쪽은 도대체 뭘 하고 자빠진 거야. 병력을 보충해 줘야 빨갱이를 때려잡든 빨치산을 때려잡든 할 거 아닌가. 읍내 안쪽이나 근근이 지켜 내는 병력 가지고 무슨 재주로 진트재 터널까지 지킨단 말인가. 높은 놈들은 그저 일정 때나 지금이나 현지 사정은 깔아뭉개고 큰소리만 친단 말야. 이 짓도 더러워서 못 해 먹겠어.

백남식은 신문지를 와락 거머잡았다.

그날 진트재 쪽에서 울리는 총소리를 듣고 백남식은 바로 부대를 출동시켰다. 적들의 눈에 띄지 않으려고 회정리 3구 끝머리부터는 병력이 논두렁이나 밭두렁을 타게 했다. 그때는 총성이 이미 멎어 있었다. 총소리가 그치자 이상한 불안감이 밀려들었다. 장양리 중간목을 지나면서야 밭두렁 아래 쪼그려 앉아 있는 농부한테서 기차가 공격당했다는 사실을 알았다. 그러나 그 기차가 군수품 수송 열차라는 것은 현장에 가서야 알았다. 현장에 도착했을 땐 상황은 이미 끝난 뒤였다. 피 흘리는 시체가 여기저기 나뒹

그러져 있고, 일곱 개의 화물 차량 문은 모두 열려 있었다. 기관실로 간 백남식은 어처구니없는 광경을 목격해야 했다. 기관사와 군인들이 한데 묶여 있는데, 그들은 모두 입이 틀어 막힌 꼴이었다. 결박을 풀고 보니 군인은 여덟이었다. "장교님까지 15명이었습니다." 중사의 대답이었다. 인솔 장교인 중위는 가슴과 복부에 총을 맞고 철길 옆 둔덕에 죽어 넘어져 있었다. 기차에서 뛰어내려 적에게 응사하다가 총을 맞은 것이 분명했다. "사오십 명쯤 되는

것 같았고, 무기만 가져갔습니다. 대장님이 출동해 주서서 그래도 피해가 줄었습니다. 망을 보고 있다가 대장님 부대를 발견하고 도망치기 시작했으니까요." 중사의 말에 백남식은 살았다는 생각이 확 들었다. 이 한마디 증언이면 사건이 비록 자신의 관할 지역에서 일어났을망정 책임은 모면할 수 있을 것 같았다. 기차 앞에는 바윗덩이들이 겹으로 쌓여 있었다. 그 바윗덩이들이 모든 것을 설명하고 있었다. 달리는 기차가 소총 정도의 공격을 받고 멈출 수밖에 없었던 것과, 기습을 위한 준비가 치밀하게 이루어졌다는 사실이 그대로 드러났다. 백남식은 밝아졌던 마음이 도로 어두워졌다. "우리만 죽고 무기 뺏기고, 이게 무슨 꼴이야." 그는 벌컥 화를 냈다. "아닙니다, 적도 두세 놈 죽었는데 시첼 악착같이 떠메고 간 겁니다." "시체를?" 백남식은 그때서야 군인 여덟과 기관사 셋을 살려 주고 간 사실을 실감하고 있었다.

"사령관님, 사건 보곱니다."

권 서장이 들어서며 말했다.

"또 무슨 일이오?"

백남식은 얼굴을 찡그렸다.

"보성에서 발생한 사곱니다. 소작인들이 지주 집에 난입해서 집단 폭행을 하고……."

"모두 잡아 처넣으라고 하시오!"

"경찰이 출동했지만 오히려 경찰에게 덤벼드는 상황이랍니다. 계엄군이 나서야 될 형편인데 어떻게 대처해야 할지 명령 하달을 원하고 있습니다."

"거 남 서장이란 사람은 뭘 하는 거야. 경찰이 민간인한테 당하다니, 고양이가 쥐한테 몰리는 꼴 아닌가."

백남식이 의자를 차고 일어났다.

"다음은……."

"아니, 또 있소?"

"이곳 칠동에서도 소작인들이 지주 집에서 난동을……."

"난동자들을 무조건 잡아들이게 하시오."

"소작인들이 지주 집에 방화를 했는데, 소방서에서 진화를 위한 병력 지원을 요청했습니다."

"계엄군이 소방서 놈들 부역이나 나가게 생겼소! 동네 사람들 동원해서 끄라고 하시오."

"그러잖아도 지원을 요청했는데, 지주가 인심을 잃어서 사람들이 돕지를 않는답니다."

"어떤 새낀지 집 다 태워 먹게 내버려 두시오. 평소에 얼마나 악질로 굴었으면 사람들이 그러겠소. 우리는 방화범만 체포하면 되오. 무슨 보고가 또 있소?"

"현재로선 없습니다."

권 서장은 돌아섰다. 백남식은 곧 보성으로 전화를 걸었다.

"공포를 쏴서 해산시키고 주모자를 다 잡아들여. 공포만 쏴! 잘 못해서 누구 하나 죽었다 하면 큰일 나니까."

백남식은 공포만을 강조했다. 일단 화가 난 민간인들이 얼마나 무섭고도 골치 아픈 대상인지를 그는 경험을 통해 잘 알고 있었다. 특히 농민들이 논두렁을 벗어나 길바닥으로 몰려나오기 시작하면 그건 걷잡을 수 없는 힘으로 돌변했다. 양순하고 고분고분하던 황소가 한번 날뛰기 시작하면 어떤 힘으로도 막을 수 없는 것과 마찬가지였다. 평소에 묵묵히 농사를 짓던 그들의 질긴 힘이 폭력으로 바뀌는 것도 무서운 일이지만, 논밭을 가꾸던 호미와 낫, 곡괭이와 쇠스랑이 무기로 둔갑하는 것은 더 무서운 일이었다. 그는 10·1폭동 때 그 무서운 모습을 직접 보았고, 그때 민간인에게 총질을 하는 것이 얼마나 위험한 일인가를 깨달았다.

김범우의 집 마당에는 50여 명을 헤아리는 남자들이 말없이 서 있었다.

"어르신, 다들 모였구만이라."

머슴 천 서방이 댓돌 아래서 방에 대고 말했다. 곧 방문이 열리고 김사용이 모습을 드러냈다.

"다들 잘 왔네."

대청 끝으로 나선 김사용이 사람들에게 말했다. 그 말에 맞추어 남자들이 일제히 허리를 굽혔다.

"자네들을 모이게 헌 것은, 몇몇 사람이 헛소문을 듣고 어지께 여길 찾아들었기에 다른 사람들도 그런 헛소문으로 공연히 속 아플까 봐 내 입으로 분명히 말해 두고자 함이네. 지금 농지개혁을 앞두고 온갖 소문이 퍼지고 있는데, 거기에 내가 농지를 명의 변경해서 뒤로 빼돌리고 있다는 소문도 끼어든 모양이네. 내가 그런 못되고 못난 짓을 한 일이 없다는 것을 지금 내 입으로 똑똑히 말허니 그리들 알도록. 그동안 내가 자네들헌테 큰 선심은 못 썼어도 다른 지주들에 비해 다만 얼마라도 소작료를 낮추었고, 농지개혁이 되면 법이 정하는 대로 농지를 분배한다는 것은 일찌감치 내 아들 범우와 한 말이기도 하네. 앞으로 실시될 농지개혁에 따라 지금 자네들이 짓고 있는 농토는 당연히 자네들 몫이 될 것이니 딴생각 말고 추수나 잘들 허도록 허소. 허고 지금 세상이 시끄러운 것은 지주들이 자기 욕심만 채우느라 해서는 안 될 일들을 하기 때문인데, 오늘 일은 속에만 담아 두고 입에 올리지 말게. 자네들이 별생각 없이 하는 말이 자네들만 못한 처지에 있는 사람들헌테는 속 뒤집는 소리가 될 것잉께. 내 말 끝났으니 다들 돌아들 가시게."

작인들이 또 일제히 허리를 굽혔다.

김사용은 느린 몸놀림으로 돌아섰다. 핏기 없는 얼굴에는 거뭇 거뭇한 저승꽃과 함께 병색이 드러나 있었다.

김사용의 당부에도 그 소문은 곧 여기저기로 퍼져 나갔다. 그 듣기 좋은 소식을 이부자리 속에서 아내에게 속삭이지 않은 남 자가 몇이나 될 것이며, 그 자랑 삼고 싶은 말을 가슴에 진득하게 담고 있을 여자가 몇이나 될 것인가. 그 소문은 다른 지주나 소작 인들을 동시에 자극했다. 소작인들은 김사용과 다른 자기네 지 주를 더 증오했고, 지주들은 자기네 일에 재 뿌리는 것만 같은 김 사용을 욕해 댔다.

세상이 뒤숭숭한 가운데 추석이 왔다. 그러나 정월 대보름을 불놀이 없이 어둡게 지나갔듯 추석도 풍물 소리 하나 없이 지나 가고 말았다. 대보름과 다른 것이 있다면, 그때는 관에서 보름 놀 이를 막은 것이고, 이번에는 사람들 스스로 추석놀이를 꾸미지 않은 것이었다. "제기랄, 앞날이 깜깜헌 판국에 뭐 좋다고 놀 것이 여." 소작인들은 이런 말로 감정 일치를 보았고 "풍물? 고것 누구 좋자고 허는 것이여! 배꼽이 요강 꼭지가 되게 처먹고 숨 씩씩거 리는 지주 놈들 소화 잘되게 혀 주자는 것이여? 올해 풍물 잡는 손모가지들은 모두 작신작신 분질러 뿌러야 혀!"라며 자각적 행 동을 이루어 나갔다.

조성과 보성, 벌교에서는 번갈아 말썽이 일어났고, 백남식은 이리 뛰고 저리 뛰고 정신이 없었다. 그는 소작인들을 무조건 잡아들이는 강경책을 썼다. 그러다 보니 방화범으로, 폭행범으로, 집단 난동범으로 집을 떠나야 하는 소작인들이 속출했다. 그렇다고 소작인들의 행동이 멈추지는 않았다.

김종연네는 두 번째의 매매 조건마저 송씨에게 무참하게 거절당했다.

"하! 내가 여자라고 시퍼 뵈냐! 어림 반쪼가리도 없는 맘보 먹지 말어. 고런 도적놈 심보로는 다시 내 앞에 얼찐대지 말어!" 열받친 송씨가 카랑카랑 쏜 말이었다. 그러나 김종연네는 그 모독적인 말을 하나도 고깝게 듣지 않았다. 처음부터 그런 반응이 나오리라고 다 계산하고 있었기 때문이다. 두 번째는 세 번째 조건을 관철시키기 위한 준비 단계일 뿐이었다. 세 번째 조건이 타결되기만 한다면 10년 후에는 그 누구의 간섭을 받지 않아도 되는 그야말로 '내 논'이 되는 것이었다.

저녁상을 물린 뒤 김종연이 담배를 피우고 있는데 방 서방이 찾아들었다.

"어쩐 일이다요, 성님이 다 우리 집을 오고. 어여 들오씨요."

"지나던 길에 얼굴이나 보고 갈라고 그랬네."

방 서방이 웃음 띠며 예사롭게 말했다.

"내가 요새 제일 부러운 게 바로 성님이요." 김종연은 마주 앉자마자 이렇게 말하고는 "결국 논이 공짜로 생기지 않겠소? 안 선생 주장이 바로 무상몰수에 무상분배께."라며 목소리를 낮추었다.

"고것이야 두고 볼 일이고, 근디 자네들이 요새 벌이는 일, 고것이 다 헛일이등마."

"헛일이라!"

김종연이 놀라며 말허리를 잘랐다.

"잉, 내가 듣기로는 윤 부자네 논이 절반 넘게 벌써 딴 사람 앞으로 넘어갔다는 것이여. 고것을 알고나 그 일을 허고 댕기는가?"

"누가, 누가 그럽디여?"

김종연이 눈을 부릅뜨며 말을 더듬었다.

"고걸 알면 뭘혀. 읍사무소 서류가 그렇다는디."

"요런 오살 육시헐 년! 요런 가랑이를 찢어 죽일 년!"

김종연은 부릅뜬 두 눈을 이리저리 굴리며 뽀독뽀독 이빨을 갈아붙였다.

"근디 윤 부자집만이 아니고 들몰에 논 가진 최익달이, 윤삼걸이가 다 그렇다는 것이네. 그래서 그 집 작인들이 곧 들고일어날 판이라등마."

"어쩔라고라."

"어쩌기는, 서로 힘 보태 가짜로 넘어간 소유권을 되돌리는 쌈을 벌이자는 것이제."

"그렇다면 우리라고 손끝 맺고 앉었을 수 있겠소. 우리도 나서야제라."

"잘들 생각혀서 허소. 공연히 몸만 상허고 안 될지도 모를 일잉께."

방 서방은 슬그머니 꼬리를 사리는 척했다.

"성님이야 태평헌께 허는 소리고라, 우리는 시방 죽냐 사냐 허는 판이요. 요번에 아주 끝장을 봐야겠소!"

김종연이 다시 뽀드득 이빨을 갈아붙였다.

엇비슷한 시간에 최익달의 작인 집에서는 노 서방이 같은 이야기를 했고, 윤삼걸의 작인 집에서는 임 서방이 이야기를 하고 있었다.

그리고 사흘째 되는 날 아침, 고읍 들을 가로지르는 신작로에 행렬이 나타났다. 신작로를 가득 채운 그 행렬은 등등한 기세로 읍내 안통을 향해 빠르게 움직였다. 그 수가 남자들만으로 400을 헤아렸다.

행렬이 홍태거리 변전소 앞에서 멈추었다.

"여기서부터는 뛰면서 아까 연습헌 구호를 목이야 터져라 소리지르는 것이요. 허고 군인이고 경찰이 우리 앞을 막을 것잉께 절

246

대로 겁먹지 말고 읍사무소까지 가는 것이요. 총을 쏴도 고것이야 공포니께 겁먹을 것 없고, 우리를 해산시킬라고 덤벼들면 서로 팔도 끼고, 골마리도 잡고 혀서 한 덩어리로 똘똘 뭉쳐야 쓰요. 우리가 지면 우리는 인제 새끼들 델꼬 굶어 죽는 일밖에 안 남었소. 그러니 우리 뜻이 풀릴 때까지 사흘이고 나흘이고 읍사무소 앞을 지킬 작심을 혀야 허요. 다들 그리 작심들 되았소!"

김종연의 흥분에 찬 말이었다.

"하먼이라!"

사람들이 팔을 치뻗어 올리며 합창했다.

"되았소, 갑시다!"

열 명씩 줄을 맞춘 행렬이 뛰기 시작했다.

"우리 땅 내놔라!"

선창이 나왔다.

"우리 땅 내놔라!"

복창이 힘차게 터져 올랐다.

"악질 지주 처단하라!"

"악질 지주 처단하라!"

수많은 발소리와 함께 대열의 복창이 우렁찼다. 대열 뒤로 뿌연 흙먼지가 피어올랐다.

"땅 도적놈 잡아내라!"

"땅 도적놈 잡아내라!"

갑작스런 함성에 놀란 사람들이 몰려나왔다. 몇몇 아이들은 어느새 대열을 따라 뛰고 있었다.

행렬은 횡계다리목에서 제지당했다. 총을 든 군인들이 세 겹으로 앞을 가로막은 것이다.

"다들 해산하시오!"

강 상사가 대열을 향해 소리쳤다.

"우리 땅 내놔라!"

그 말에 대꾸라도 하듯 김종연이 팔을 치뻗으며 구호를 선창했다.

"우리 땅 내놔라!"

복창하는 소리가 아까보다 더 컸다. 강 상사가 어이없다는 표정을 짓더니 김종연에게 다가섰다.

"이봐, 대표인 모양인데, 좋은 말로 할 때 해산시켜."

"우리는 대표가 따로 없소. 우리가 다 대표제."

"글쎄 잔소리 말고 해산해."

"못 허겄소. 우리 땅 우리가 찾겄다는디 어째 군인이 간섭이요. 군인이면 빨갱이나 잡으씨요."

"뭐야, 이 새끼! 너 지금 계엄 상태란 걸 몰라? 깜빵에 처넣어야 정신 차리겠어!"

"맘때로 혀 봇씨요. 그까짓 말이 무서우면 애시당초 나서지를 안 혔소. 우리야 우리 헐 말 혀야 쓰겄응께 당신이야 당신 헐 일 시작허씨요." 김종연은 까딱도 하지 않고 내뱉고는 대열로 돌아서며 "악질 지주 처단하라!" 하고 울부짖듯 선창했다.

"악질 지주 처단하라!"

복창이 터지면서 대열이 움직였다. 총을 가로잡은 30여 명의 군인들은 대열을 막으려고 안간힘을 썼지만 뒤로 밀리고 있었다.

읍내 안통이 시작되는 어귀라 구경 나온 사람들이 떼를 짓고 있었다.

"김 상병, 전화로 병력 지원 요청해."

강 상사가 뒤로 밀려나며 옆의 부하에게 명령했다.

구경하는 사람들이 끼리끼리 수군거렸고, 대열은 구호를 외치며 자꾸 앞으로 나아갔다.

"후미열, 10보 뒤로! 공포 발사 준비!"

강 상사가 명령했다. 맨 뒷줄 병사들이 신속하게 뒤로 물러서며 총을 어깨 위로 올렸다.

"발사!"

따당! 땅! 땅!

총소리가 진동했다. 대열이 주춤했다.

"땅 도적놈 잡아내라!"

김종연이 부르르 떨며 소리 질렀다.

"땅 도적놈 잡아내라!"

그들의 복창에는 찬 기운이 서려 있었다. 구경꾼들은 총소리에 놀라면서도 흩어지지 않았다. 대열은 공포를 아랑곳하지 않고 계속 앞으로 나아갔고, 총소리도 잇따라 울렸다. 구호와 총소리가 뒤섞이는 속에서 대열은 어느덧 극장 앞에 이르러 있었다.

"이 병신 같은 새끼들, 소화다리 앞 삼거리에서 무슨 수를 써서든 해산시켜! 죽이지만 않으면 돼."

대열이 극장을 넘어섰다는 보고를 받은 백남식이 내린 명령이었다.

대열이 제재소 앞에 다다랐을 때 경찰과 청년단원들이 나타났다. 읍내의 모든 병력이 총동원된 것이고, 청년단원들은 몽둥이를 들고 있었다.

"즉각 해산하라. 말을 듣지 않으면 강제로 해산시킨다. 명령이다, 즉각 해산하라!"

토벌대장 임만수가 목에 핏줄을 세우며 외쳤다.

"우리 땅 내놔라!"

김종연이 부르짖었다.

"우리 땅 내놔라!"

대열이 복창하며 앞으로 서너 발짝 움직였을 때였다.

"작저언 개시!"

임만수의 명령에 따라 군인·경찰·청년단원들이 개머리판과 몽둥이를 휘두르며 대열 사이로 뛰어들었다. 아우성과 비명이 뒤엉키며 제재소 앞은 순식간에 수라장이 되었다. 구경꾼들이 골목으로 피해 달아나고, 제재소의 톱 돌아가던 소리가 뚝 멎었다. 불시의 공격인 데다가 소작인들은 맨주먹이었으므로 일방적으로 당할 수밖에 없었다. 개머리판에 찍히고, 몽둥이에 얻어맞고, 구둣발에 짓밟히며 나둥그러지는 소작인들의 모습을 구경꾼들 속에서 지켜보는 이지숙의 눈에서 눈물이 주르륵 흘러내렸다. 10월 중순의 투명한 햇살 속에 핏방울이 여기저기서 튀어 올랐다.

〈제3부 「분단과 전쟁」, 6권에 계속〉

주요 인물 소개
소설에 담긴 역사 용어 정리

김범우

지주이면서도 소작인들의 존경을 받는 김사용의 아들이자 독립운동을
위해 만주로 떠난 김범준의 동생. 공산주의자 염상진과 신분의 차이를
넘어 형 동생 사이로 지내기도 했으나, 이념보다는 민족을 중요시하며
좌익과 우익 어느 쪽도 선택하지 않고 교육을 통해 사회 변화를 이끌고
자 한다.

김범준

김사용의 큰아들이자 김범우의 형으로, 일제강점기에 독립운동을 하다
행방불명된 인물. 그 용맹한 행적을 기리고 흠모한 많은 사람들은 오랜
시간 그가 돌아오지 않자 만주에서 죽었을 것이라고 짐작한다. 하지만
전쟁이 일어난 후 그는 이전과는 전혀 다른 모습으로 나타난다.

정하섭

술도가 집 정 사장의 아들로 중학 시절부터 좌익 서클을 주도한 인물.
김범우와 염상진 모두와 인연이 있으나 결국 염상진의 이념을 따르게 되
고, 그의 추천으로 공산당에 입당한다. 빨치산의 자금 조달 등의 임무를
맡고 있으며, 어린 시절 연모했으나 신분의 차이로 멀어질 수밖에 없었
던 무당의 딸 소화와 은밀한 정을 나누게 된다.

하대치

동학 농민 운동에 가담했다가 화전민이 된 집안에서 태어난 소작인 출신 빨치산. 일제강점기에 일본인 지주를 상대로 소작 쟁의를 일으켰다가 징용에 끌려갔다 왔다. 소작회에서 만난 염상진의 사상과 됨됨이에 감화되어 빨치산이 되었다. 기민하고 용감하게 일을 처리하여 동료들의 신임을 받는다.

염상진

벌교, 보성 등지를 근거로 한 빨치산의 투쟁을 총괄하는 대장. 일제강점기에 사범학교를 졸업하고도 일제의 사상을 교육할 수 없다는 신념으로 농사를 지으며 독립운동과 적색 농민 운동을 주도했다. 해방 후 사회주의 운동에 매진하며 공산당원이 되고, 조직을 이끄는 통솔력뿐 아니라 인간적인 면모로 주변의 존경을 받는다.

염상구

염상진의 동생이지만, 형과는 정반대의 길을 걷는 인물. 첫째 아들을 중요하게 여긴 아버지의 의도적인 차별에 불만을 품고 비뚤어진 삶을 살아간다. 일본인 선원을 죽이고 도망쳤다가 해방 후 벌교로 돌아와서는 청년단장 감투를 쓰고 권력에 빌붙어 좌익 행위자 색출과 그 가족들 감시에 열을 올린다.

소화

무당 월녀의 딸로, 내림굿을 받아 무당이 된 비운의 여인. 어릴 적에 비파 두 알을 건네던 소년 정하섭에 대한 애틋한 그리움을 간직하고 살아간다. 빨치산의 신분으로 찾아온 정하섭을 도와주고, 그를 위해 헌신한다.

안창민

대지주의 손자로 염상진과는 사범 학교 선후배 사이. 학창 시절 사회주의를 신봉했지만 졸업 후에는 국민학교 선생이 되어 염상진과는 다른 길을 간다. 하지만 실상은 읍내 지하 조직을 움직이는 보이지 않는 손이었고, 결국에는 붉은 완장을 차고 염상진 무리에 합류한다.

이지숙

셋째 오빠를 통해 사회주의를 접하고 빨치산 세포로 활동하는 인물. 야학 선생으로 위장한 채 빨치산의 지령을 퍼뜨리고, 마을의 일을 은근히 빨치산에게 전하는 일을 한다. 한편으로 안창민에 대한 사랑을 품고 있다.

전명환

벌교에 있는 유일한 병원의 원장. 좌·우익에 상관없이 신념에 따라 병자를 치료한다. 빨치산인 안창민을 치료해 줬다는 이유로 경찰에 붙들려가 고초를 겪기도 하고, 한국전쟁이 일어나서는 우익으로부터 공산주의자로 의심받기도 한다.

서민영

양반이면서 직접 농사를 지으며, 독립운동을 하다 고문을 받아 절름발이가 된 인물. 해방 후 야학을 운영하며 염상진, 안창민, 김범우, 손승호 등에게 사상적으로나 인간적으로 영향을 준다. 약자의 편에 서서 그들을 돕는 일이라면 자신에게 닥칠 고초도 마다하지 않아 읍민들에게 존경을 받는다.

손승호

좌익 활동에 몸담았다가 사상의 변화를 일으키고 전향한 인물. 사회주의를 버렸으나 그렇다고 다른 이념을 선택한 것은 아닌, 사상의 공백 상태에 있다. 보도연맹 가입을 피해 서울로 올라와 친일파 관련 서적을 출판했다가 남로당 프락치로 몰린 뒤로 이전과는 다른 변화를 보인다.

심재모

좌익 척결을 위해 벌교·보성지구 계엄사령관으로 파견된 인물. 학병 출신으로, 평소 지주 노릇이나 친일을 하다 해방 후 지배 계급으로 다시 군림하는 사람들을 경멸한다. 소작인과 지주 사이에서 균형 잡힌 판단을 내리려고 노력하며, 서민영·김범우 등과 우호적인 관계를 유지한다. 하지만 지주들의 이익을 대변하지 않음으로 인해 용공 행위자로 내몰린다.

이학송

신문사 정치부 기자로 김범우, 손승호 등과 교류하는 인물. 한때 사회주의 계열 단체인 문학가동맹에 가입했다는 이유로 빨갱이로 몰려 경찰에 잡혀가 고문을 당하고 강제로 전향서에 도장을 찍게 된다. 이후 공산당 기관지인 《해방일보》로 근무지를 옮긴다.

소설에 담긴 역사 용어 정리

빨치산

1945년 해방 이후부터 1955년까지 활동한 공산주의 비정규군을 일컫는 말이다. 원래 러시아어 파르티잔(partizan)이라는 말에서 유래했는데, 이는 노동자나 농민 들로 조직된 비정규군을 뜻하는 유격대와 가까운 의미이다. 하지만 이념 분쟁 과정을 통하여 좌익 계통을 통틀어 비하하고 적대감을 조성하는 용어로 변하였고, 그 결과 '빨갱이'로 바뀌었다. 흔히 조선 인민 유격대라고 부르며, 남부군이나 공비, 공산 게릴라라는 표현도 사용되었다.

신탁 통치

강대국이 독립할 능력이 없는 나라를 국제 연합(UN)의 감독하에 일정 기간 통치해 주는 특수 통치 제도이다. 1945년 12월 모스크바 3국 외상 회의에서 "한국은 정부 수립 능력이 없으므로 5년간 미·영·중·소 4개국이 신탁 통치한다."라는 내용을 결정하였다. 이로 인해 한반도에서는 신탁 통치 반대 운동이 치열하게 전개되었고, 북쪽에서는 처음에 신탁 통치를 반대하다가 나중에 신탁 통치를 찬성하였다.

서북청년단

1946년 11월 30일 설립한 우익 청년 운동 단체이다. 월남한 이북 각 도별 청년 단체인 대한혁신청년회, 북선(北鮮)청년회, 함북청년회, 황해회 청년부, 양호단, 평안청년회 등이 통합하여 대공 투쟁을 능률적으로 수행하고자 설립하였다. 남한에는 아무 연고도 없는 북쪽 청년들을 적극적으로 포섭해 합숙소에서 공동생활을 시키면서 공산주의에 대한 그들의 적대감을 활용해 좌익 공격에 앞장서게 했다.

제주 4·3 사건

1947년 3월 1일을 기점으로 하여 1948년 4월 3일에 발생한 소요 사태 및 1954년 9월 21일까지 제주도에서 발생한 무력 충돌과 진압 과정에서 주민들이 희생당한 사건이다. 국제 연합에서 남한 단독 선거 결정이 내려지자 남한에서는 단독 정부 수립 반대 운동이 전국적으로 벌어지면서 군경과의 유혈 충돌이 발생하였다. 이때 제주도에서 경찰의 발포가 이어졌고 이에 항의하여 주민들이 총파업을 전개하였다. 이후 미 군정청이 경찰과 우익 단체(서북청년회 등)를 동원하여 무력으로 탄압하였다. 이에 맞서 좌익 세력이 무장 봉기를 일으켰고, 일부 지역에서 5·10 총선거를 무산시켰으며 좌익 세력의 유격전이 전개되었다. 그 결과 군경의 초토화 작전으로 많은 수의 무고한 주민이 희생당하였다.

대동청년단

1947년 9월 21일에 결성된 한국의 청년 운동 단체이다. 상해 임시 정부의 광복군 총사령관을 지낸 지청천(池靑天)이 당시 32개의 청년 단체들을 통합하여 결성한 청년 단체로, 8·15 광복 뒤의 혼란한 시기에 많은 활약을 하였다. 이들은 막강한 조직을 갖추고 반공 및 단독 정부 수립을 주장한 이승만 노선에 협조하였다. 1948년 대한민국 정부 수립 후 이승만의 명령으로 해산하여 대한청년단에 통합되었다.

남한 단독 정부 수립

국제연합 결의에 따라 1948년 5월 10일, 남한만의 단독 총선거가 치러져, 국회의원이 선출되었다. 이들에 의해 헌법이 제정되고(1948년 7월 17일), 간접 선거를 통해 이승만이 대통령으로 선출되었다. 1948년 8월 15일, 이승만이 건국을 공포함으로써 대한민국이 수립되었다. 남한에서 대한민국이 수립되자 북한에서도 최고 인민 회의 대의원을 선출하고(1948년 8월 25일), 이어 북한 헌법을 채택하였다. 1948년 9월 9일, 북한은 헌법에 정한 대로 김일성을 수상으로 하는 조선 민주주의 인민 공화국 수립을 선포하였다.

반민족행위특별조사위원회

1948년 9월 22일, 대한민국 제헌 국회가 친일파를 처벌할 목적으로 특별법인 반민족행위 처벌법을 제정하고, 그해 10월 22일에 반민족행위특별조사위원회(약칭 '반민특위')를 설치하였다. 반민 특위는 친일파 선정을 위한 예비 조사 후 7천여 명의 친일파 일람표를 작성하고, 그중 전국적으로 알려진 친일파 중 도피를 꾀하는 자 체포를 우선시하였다. 그러나 친일 세력과 이승만 대통령의 비협조와 방해로 반민특위의 활동은 성과를 거두지 못하였다. 오히려 친일 세력에게 면죄부를 부여하는 결과를 초래하였고, 나아가 이들이 한국의 지배 세력으로 군림하였다.

여수·순천 사건

1948년 10월 19일 전라남도 여수·순천 지역에서 일어난 국방경비대 제14연대 소속 군인들의 반란과 여기에 호응한 좌익 계열 시민들의 봉기가 유혈 진압된 사건이다(약칭 '여순사건'). 당시 여수에 주둔하고 있던 국방경비대 제14연대 소속 군인들이 반란을 일으키며 전라남도 동부 6개 군을 점거하였다. 이에 위기감을 느낀 정부는 대규모 진압군을 파견하여 일주일여 만에 전 지역을 수복하였으나, 그 과정에서 상당한 인명·재산 피해가 발생하였다. 그리고 이 사건을 계기로 정부에서는 '국가보안법' 제정과 강력한 숙군 조치를 단행하게 되었고, 결과적으로 이승만 대통령의 철권통치를 강화하는 계기가 되었다.

농지개혁법

1949년 6월 21일, 북한에서 농지를 무상 몰수하여 농민에게 무상 분배한 농지개혁이 실시됨에 대응하여, 대한민국에서도 농지개혁을 실시하기 위하여 제정된 법률이다. 대한민국은 북한과 같이 무상 몰수와 무상 분배는 허용되지 않아 소유자가 직접 경작하지 않는 농토(소작인이 경작하는 농토)에 한하여 정부가 5년 연부보상(年賦補償)을 조건으로 소유자로부터 유상 취득하여 농민에게 분배해 주고, 농민으로부터 5년 동안에 농산물로써 정부에 연부로 상환하게 하는 이른바 유상 몰수·유상 분배의 농지개혁법을 실시하였다.

국민보도연맹 사건

국민보도연맹(약칭 '보도연맹')은 1949년 4월 좌익 전향자를 계몽·지도하기 위해 조직된 관변단체이다. 하지만 한국전쟁 발발 후 1950년 6월 말부터 9월경까지 수만 명 이상의 국민보도연맹원이 군과 경찰에 의해 살해되었다.

김구 피살

민족의 지도자였던 백범 김구 선생이 1949년 6월 26일 서울 서대문 근처 거처인 경교장에서 육군 소위 안두희가 쏜 총에 피살되었다. 조국 광복을 위해 평생을 바친 73세 노.혁명가는 남한만의 단독 정부 수립에 반대하였으며 한반도 통일 정부 수립을 위해 노력하였다. 장례식은 국민장으로 거행됐으며, 유해는 효창 공원에 안장됐다. 암살자 안두희는 무기징역을 언도받았으나, 한국전쟁 발발과 함께 특사 조치로 석방돼 육군 중령으로 복귀하는 등 배후에 대한 의문은 풀리지 않았다.

한국전쟁

1950년 6월 25일 새벽에 북한 공산군이 남북 군사 분계선이던 38선 전역에 걸쳐 불법 남침함으로써 일어난 전쟁이다. 전쟁 초기 남한이 불리했으나 국제 연합군의 참전으로 10월 말경에는 압록강 지역까지 국토를 회복했다. 그러나 중공군의 개입으로 전쟁은 3년 1개월간 끌었으며, 1953년 지금의 휴전선을 경계로 휴전이 성립되었다.

조정래 대하소설

태백산맥 청소년판 5

초판 1쇄 2016년 11월 8일
초판 3쇄 2020년 12월 30일

원작 | 조정래
엮음 | 조호상
그림 | 김재홍
발행인 | 송영석

발행처 | (株)해냄출판사
등록번호 | 제10-229호
등록일자 | 1988년 5월 11일(설립일자 | 1983년 6월 24일)

04042 서울시 마포구 잔다리로 30 해냄빌딩 5·6층
대표전화 | 326-1600 **팩스** | 326-1624
홈페이지 | www.hainaim.com

ISBN 978-89-6574-605-8
ISBN 978-89-6574-611-9(세트)

이 도서의 국립중앙도서관 출판예정도서목록(CIP)은 서지정보유통지원시스템 홈페이지(http://seoji.nl.go.kr)와
국가자료공동목록시스템(http://www.nl.go.kr/kolisnet)에서 이용하실 수 있습니다.(CIP제어번호: CIP2016025423)